第3届茶卡诗会诗人作品选

云水间的歌谣

杨廷成 雁西 ◎ 主编

青海人民出版社

图书在版编目（CIP）数据

云水间的歌谣：第 3 届茶卡诗会诗人作品选 / 杨廷成，雁西主编 . -- 西宁：青海人民出版社，2024. 9.
ISBN 978-7-225-06765-0

Ⅰ. I227

中国国家版本馆CIP数据核字第2024QQ4673号

云水间的歌谣
——第 3 届茶卡诗会诗人作品选

杨廷成　雁西　主编

出 版 人	樊原成
出版发行	青海人民出版社有限责任公司
	西宁市五四西路 71 号　邮政编码：810023　电话：（0971）6143426（总编室）
发行热线	（0971）6143516/6137730
网　　址	http://www.qhrmcbs.com
印　　刷	青海雅丰彩色印刷有限责任公司
经　　销	新华书店
开　　本	710mm×1020mm　1/16
印　　张	15.5
字　　数	100 千
版　　次	2024 年 9 月第 1 版　2024 年 9 月第 1 次印刷
书　　号	ISBN 978-7-225-06765-0
定　　价	78.00 元

版权所有　侵权必究

序言

诗心正青春

梅　卓

去年六月,在茶卡盐湖最美好的季节里,闻名遐迩的"天空之镜"迎来了诗歌的使者,那一刻,在茶卡盐湖的天光云影间,让美与诗融合并产生了天籁般的共鸣,对远道前来的诗人而言,诗与远方也完美地统一在了一起。大家相遇在美景、美诗、美好时机、美好心愿交织搭建的美好时空里,见证了"中国最美诗空间"的揭牌,拉开了第三届茶卡盐湖诗会的帷幕。

翻开中国文学史,关于咏颂青海的诗篇数不胜数,青海在中国历代诗歌版图上一直是重要的地理坐标和诗意高地。进入新时代,在习近平新时代中国特色社会主义思想指引下,作为"三江之源""中华水塔""亚洲生态屏障"的青海,其生态地位被越来越多的人所认识、重视。习近平总书记明确指出青海"最大的价值在生态""最大的责任在生态""最大的潜力也在生态"的"三个最大"省情定位,为青海生态保护和绿色发展提供了根本遵循。在打造青藏高原生态文明高地和建设产业"四地"的生动实践中,建设国际旅游生态目的地的目标也更加明晰,青海正变得越来越美。

目前，全省上下贯彻落实习近平文化思想以及关于青海的重要讲话、指示、批示精神，运用新发展理念，在生态保护和发展旅游方面实现了"双赢"。"天空之镜"茶卡盐湖等一批旅游景区在生态环境保护与推动高质量发展中找准了结合点，让青海之美惊艳亮相，为更多的人所欣赏和体验。

茶卡盐湖景区位于青海省海西州乌兰县茶卡镇。这里已有3000多年的盐业开采史，是中国首家绿色食用盐生产基地。它凭借独特的资源禀赋和良好的生态环境，以弘扬自然盐湖生态景观文化为主线，以非遗文化祭湖仪式传承为核心，结合青甘大环线旅游资源，融合发展文化产业和旅游产业，探索"工业+旅游"模式，打造"天空之镜"旅游品牌，塑造青海高质量发展新优势。

近年来，茶卡盐湖景区被文化和旅游部公共服务司评为"2022全国旅游建设与管理优秀案例"，被国务院国资委评为"2020年度国有企业品牌建设典型案例和优秀品牌故事"，被《中国旅游报》评为"2021年度中国最美星空目的地案例"，被《中国国家地理》杂志评为"2023兴趣必游之地"，同时，茶卡盐湖景区入选"第一批青海省文化产业和旅游产业融合发展示范区（点）创建单位"等，一举成为全国旅游业关注的热点。

如今的青海，也一改古诗中边地、边塞的形象，被赋予新时代生态之美的崭新意境，被当代许多诗人讴歌和书写。这其中就有参加前两届茶卡诗会的近60名诗人倾心创作的诗歌力作，这些诞生自工地一线、采访现场的诗歌作品，汇集为诗集《茶卡盐湖之恋》，成为企业文化建设与文旅融合的重要成果。这些诗歌佳作,与历史上那些关于青海的诗篇遥相呼应,书写了青海之美,更记录了青海在新时代发生的深刻变革和生态环境保护和现代化建设的新成就,是中国故事之青海篇章中十分难得的精彩段落。

美景时时有,年年人不同;诗心正青春,此刻更澎湃。"中国最美诗空间"在茶卡揭牌,连续三届的茶卡盐湖诗会在此举行,预示着中国的"天空之镜"必将迎来一个崭新的美好开端。我相信,在这最美好的时光,各位诗人朋友一定会被这片高原色彩纷呈,奇妙无比的美所激荡,一定会被这片土地上人民所展现的文化自信、奉献精神所感染,为这片天空之镜、诗意高地、生态净土写下最动人、最深情的诗篇!

(梅卓:青海省文联副主席、青海省作家协会主席)

目录

第一辑
仰望星空的童话

茶　卡	王　山	005
青盐花出世的美（组诗）	车延高	008
茶卡情书（组诗）	雁　西	014
五行：茶卡的十二粒盐	牛庆国	019
作为纪念物（组诗）	杨森君	023
茶卡灵魂（组诗）	梁积林	031
茶卡三叠	吴少东	038
茶卡盐湖（外五首）	马启代	041
我是茶卡的一粒盐（外四首）	北　塔	047
诸神聚会的地方（组诗）	苏　黎	054
天空之镜：茶卡飞行笔记	王桂林	066
茶卡盐湖（组诗）	倮　倮	077
风吹茶卡（组诗）	杨廷成	083
星空涌现茶卡盐湖（组诗）	郭建强	088
天空之镜或茶卡十九章	曹有云	093
茶卡的星空（组诗）	陈劲松	102
与茶卡盐湖对望（组诗）	马文秀	107
诗写茶卡	张　华	115

第二辑
天光云影的传说

青盐之海	马海轶	121
在茶卡（四首）	孔占伟	125
我在茶卡想谁	久美多杰	129
茶卡：生命之盐（外一首）	鸿 颖	131
盐湖，有我咸咸的纯白（组诗）	林成君	133
茶卡诗笺（组诗）	韩原林	137
茶卡谣	绿 木	141
茶卡，一轮夕阳正在西下	李朝晖	142
天空之镜，以及它的波澜不惊（外一首）	清 香	143
茶卡（外一首）	牧 白	145
我因体验到诗意而快乐起来（组诗）	青木措	147
茶卡，我蓝色的梦（外二首）	央 金	151
在茶卡看落日	李宝花	154
茶卡，盐的世界（外一首）	武 奎	155
茶卡的颜色	破 石	157
天空之镜	马相平	159
镜 湖	马 穆	161
茶卡之恋	李元录	163
一家人的茶卡盐湖	李积程	166
茶 卡	更求金巴	168
茶卡盐湖的颜色	张晓梦	170
茶卡，我恋的那一片白	咏 梅	174
在茶卡，遇见最美的自己	李兰花	176

第三辑
雪山圣湖的故事

茶卡盐湖	胡　澄	181
茶卡盐湖（外一首）	雪　鹰	182
茶卡的盐	胡理勇	184
茶卡盐湖（外一首）	赵克红	185
在茶卡盐湖	蒋兴刚	188
冬日在茶卡盐湖看云	官白云	189
在茶卡盐湖仰望天空	杨启刚	190
大美茶卡（组诗）	无定河	192
一粒盐（外一首）	王志彦	195
茶卡盐湖，最后的圣地	王　晓	197
天空之镜（外二首）	范庆奇	198
心之所向，茶卡（组诗）	青　海	200
茶卡盐湖	赵应军	203
遇见茶卡	陈佳丽	204
茶卡盐湖（组诗）	彭建功	207
茶卡的云	颜德义	209
茶　卡	张沐兴	211
心，梦和天空	朱荣伟	213
告别茶卡盐湖（外一首）	陈于晓	215
茶卡盐湖	华金余	218

"中国最美诗空间"揭牌仪式
　　暨第三届茶卡盐湖诗会活动组织机构　　　　　220
"中国最美诗空间"揭牌仪式
　　暨第三届茶卡盐湖诗会活动照片集锦　　　　　221
走进最美诗空间　共享诗歌与远方
　　——"中国最美诗空间"揭牌仪式暨第三届茶卡盐湖诗会纪实　　229

第一辑

仰望星空的童话
——第三届茶卡诗会诗人眼中的茶卡

茶卡盐湖摄影作品选·王生荣

茶卡盐湖摄影作品选·王生荣

茶卡盐湖摄影作品选·艾小慧

茶　卡

王　山（北京）

黑夜里礁石沉默于海边
戈壁中芨芨草散布
枯黄
一匹骆驼
昏睡中穿行于针眼
等候是没有力量的力量
是一把钝钝的
锈迹斑斑的刀
杀心
不见血

等候是一场含义不明的消耗
夏永远等不到春
如同冬永远等不到秋
等候没有眼泪
因为时间吞噬了一切
包括眼泪
等候消解了想说
和不说的所有
等候约等于零

除了一个不肯放弃的期待

等候是无形的沼泽地

陷入等候的人

无力自拔

等候是最伟大的力量

是明知不可为而为之的坚持

等候是无法摆脱的悲伤

去青海

去一个荒僻的地方

茶卡　茶卡

暴晒　酷寒

狂风

一望无际

无论你懂

还是不懂

平均海拔 3059 米

日出日落

云朵飘浮在湖心

静止不动瞬间又变了形状

还有色彩

高地

祁连山脉

昆仑山脉

曾经的海没有了踪影

旷古的雨

上天的泪

随风洒落湖中

被冷落得太久太久

结晶成咸味的盐

坚硬里藏匿着

一滴

又一滴

一颗

又一颗

茶卡的泪

无数的盐汇聚成湖

映照星空

我们都是时间的盐

随意撒落在人间

气候温凉

青盐花出世的美（组诗）

车延高（湖北）

日出时分

黎明时，在盐湖边举目
朝阳探头的瞬间

有的眼睛看见宇宙心跳
有的眼睛看见了光的魂灵出世
整个人间，突然明亮

不像我的出世，除了哭，完全依赖于照料
现在已经活了大半辈子，还在索取光和温暖

太阳不同，习惯了自我消耗
没向被普惠的人做任何
暗示

坐　标

如果以我为坐标
昆仑山、祁连山、日月山都在不远处站着

我双眼平视这个世界
茶卡盐湖和青海湖与苍天对视

如果以茶卡盐湖为坐标
无须皈依，它们都已修炼得山清水秀

只有我十分渺小
还在茫茫人世，东奔西走
左右徘徊

青盐花

茶卡盐湖不仅有水的干净
连骨头都是白的

盐在卤水的涅槃中转世
是多少泪水的结晶
让一粒粒祭奠生命的舍利开成了花

青盐花可以潜入水底
寒风刺骨时，和雪莲一起绽放

雪莲花躲避季节时
青盐花依旧我行我素
在湖光水色里，没心没肺地开着

星　空

此刻，不知茶卡盐湖能不能把穹顶的星雕刻在湖面

抬头，满目星空
我可以肯定，它们大都在茫茫宇宙中隐姓埋名
不像人世间，太多的人想让自己成为星

其实，当每个个体都成了星
星，也就等于沙粒

在湖面上照相的红衣女孩说

来到茶卡盐湖
你一定不会失望
不来，你会失望一辈子

我已经很漂亮了
茶卡盐湖比我更漂亮

释　然

偌大一面湖，不见羊群和动物饮水
不肯露面的神丢出一句话
美啊！一个产盐的圣湖

涟漪泛起，是一种听懂后的释然
真的
有些拒绝，就是一种捍卫

不生铜锈

日头照在水面，是耀眼的金光
不是金子

皓月印在水面，是银白色的光
不是银子

茶卡盐湖已经绿成翡翠和祖母绿
一直不生铜锈

问天空之镜

有夜色掩护，这么多星星大珠小珠落玉盘
黎明时分
它们是怎么撤退的

的确是天空之镜
静影沉璧，净空无尘
但有人指责在湖里泡澡的月亮是赝品
正在半空偷窥的月亮会点头吗

量子纠缠应该出来做一个验证
这么多人不辞劳苦前来朝拜
平行空间里
是不是有更智慧的能量在不辞劳苦地打理这面镜子

茶卡盐湖和青海湖是不是一对等距离的眼睛
如果是
仰望星空时，会把聚焦点落在宇宙的哪个部位

湖光天色美到极致，视网膜会省略一粒盐的苦涩
从这里路过的风一定领双倍工资
否则从哪里借来眼睛里的水天一色

将没学过游泳的昆仑山脉以倒影的方式拉入水岸
经过天公审批吗
算不算艺术借助自然对一种雄伟和壮美的侵权

那么多幸福的眼睛，离开的时候想没想过
一滴泪和卤水的苦咸度尽管相似
但重量是不是一样

越来越多的无人机在湖面飞行
红脚鹬、黑颈鹤、白鹭会不会跟随翅膀集结
捍卫自己的领空

那么多的盐被运走了，它们为什么放弃这里的静谧
日复一日，太阳用刺眼的光雕刻
盐粒为什么一直是白的

兴奋的视频头和手机抓取了那么多美景
几人问过
有滋有味的一日三餐
盐，算不算最普通的捐躯者

发问，其实是问自己
见过这面盐湖，就知道
有些人间苦涩苍天大地都要精心料理

在一滴泪里沉浮的那点自怨自艾的酸楚
真就可以忽略不计了

茶卡情书（组诗）

雁　西（北京）

茶卡情书

从这面镜子看见了你我
像看见了太阳和月亮

看见了清纯在湖面上的笑容，是怎样
灿烂，是怎么开心，甚至是遗忘了伤痛

能到茶卡是幸运的
可以看见幸福的样子，可以看见

爱情的样子
可以看见透明的心

可以看见希望源头上的光
在茶卡，我特别想告诉你

这里的倒影，满天星星，飞过的鸟儿
都可以为爱情疗伤

如果你正经受失恋的忧伤
来吧,在茶卡点亮一盏灯

在湖面光着脚踩着水踩着盐
放一只小纸船

可以看清来时的路,也可以看清未来的路
来吧,将星星捧在手心

在茶卡,无论你是否老去
你只是一个玩水的小孩

在茶卡祝福爱情

去吧,去告诉她吧,一生一世地爱
去拥抱她,去亲吻她

在茶卡你将最好的一天给她
从你的眼神可以看出你是多么地爱她

她的手指指向天空,指向霞光
宣告,她获得尘世的幸福和圆满

我不得不说,太美好了
祝福你俩

这一刻，站在这里的人都祝福你俩

茶卡盐湖的盐有足够的浓度
代表尘世间该有足够的善良和暖意

这里的盐就是缘
你俩相拥这一刻，时间已经不是时间

一切超越升华，留下刻骨铭心的美

来吧，在茶卡，与你相爱的人拥抱
就是与全世界拥抱

夏日茶卡

夏日的茶卡是最美的，也是最热的
阳光便灼红你的脸

但也挡不住你前往这面天空之镜
谁不想在这里好好照一照

看清天空的模样，看清自己的模样
和自己最爱的人

和自己最好的好闺蜜，带上红色的衣裙
和纱巾，来一趟挥舞青春的姿态

证明美是每个人都可以拥有
站在盐湖水面

会有两个天空，两个自己
清澈，透明，最好的天空，最好的自己

到了茶卡，你发现了人生之秘密
我们的生活，茶卡早有预言和真言

生如茶卡，多姿多彩，开阔无限
心如茶卡，无忧无虑，纯洁无瑕

爱如茶卡，一生无憾，幸福美满

茶卡盐轨

这条路再也不可能通向你，轨道已锈
时间已经冻结

心还是那么那么地碎裂和疼痛
我不再是我，在茶卡，我遇见了另一个你

于是，我也变成另一个我
不再是无情，绝情的

而是温暖，开阔的
回望盐路和时光

爱上茶卡盐湖的理由可以有千条万条
对我而言，一眼万年

五行：茶卡的十二粒盐

牛庆国（甘肃）

1

统领苍茫的
是一颗巨大的驼铃
叮当
叮当
骆驼的瘦骨里透出盐的微光

2

天空布满沾着盐渍的翅膀
谁若需要　就给谁一双
不管是高僧大德　公主　将军
还是驼工　卡车司机
或者一匹狼

3

左昆仑　右祁连
举着皑皑白雪　到青海换盐

在牛羊驮不动
骆驼也驮不动的盐湖边
一头白发只能顶一碗青盐

4

此刻　我像不像一粒被风吹脏了的盐呢
阳光下睁不开眼睛　是因为惭愧
但一遍遍检讨自己的过错
心里的那一点苦和咸
现在还不能叫盐

5

看　有人在看我们
当一颗星星
发现盐的秘密
一个诗人已学会了占星术
明天　晴

6

再看一会儿
天空就用盐湖教给的方法
结晶出大把大把的盐

一转身　我听见

骆驼们嚼着盐粒的声音

7

没有谁能收藏风

但风一直在那里吹着

忽然吹亮一堆篝火

谁若往那里撒一把盐

每一颗星星就都会成为节日的爆竹

8

让茶卡的风好好吹一阵吧

我相信疏松的骨质

就会慢慢坚硬起来

甚至有一些裂痕

也会慢慢弥合

9

在盐湖里泡上一夜

待盐水沸腾时

再捞出来

茶卡的每一轮朝日

就是一块红色的盐雕了

10

茶卡的树　都叶小枝细
但每一棵都挺拔
如果摘一片树叶回去
口渴时
就可以泡一碗盐水喝

11

忽然想起一个人来
多年背着一片盐碱地
他的心里有一面盐湖吗
如今　那里已是一片草地
冬天　遍地盐花

12

我相信　高于故乡的
就是高于尘世
比如茶卡
在这里　一个生活的矮子
忽然像个世外高人

作为纪念物（组诗）

杨森君（宁夏）

物与时间

也许，世上的时间从没有流逝
时间与物同在

两排铁轨
便是如此

它们所呈现出的
红色锈迹
以及
被青色盐粒包裹的粗大铆钉
印证了
我的这一看法

它们沉浸于盐湖
多久了

枕木
也是两排

因为承受过运盐动车的压力
它们早已变形

它们曾经
个个都是高大树木的一部分
就像铁轨
曾经是矿石

现在
这些铁轨与枕木更像是
另一种坚固的物质
既不是树木,也不是矿石
当然也不能说
它们就是时间

拉　姆

每当蹲下来
拉姆的麻布长裙
就堆在草地上

拉姆把采到的野花
会分送给其他人

拉姆很少说话
也很少
直视他人

她是茶卡镇
一个普通牧民家的女孩

她已经长大
和天下所有的女孩一样
她的羞涩与生俱来

区别可能仅仅是
拉姆的羞涩
会保持得更长久一些

去莫河驼场途中

有些地方的荒凉
让人过目不忘

茶卡以西
那种草叫什么呢
它们长得
一点儿也不像植物

如果不是因为
车子停靠在公路边
近距离观察它们
我不会相信
在它们几近
枯萎的枝丫上
居然盛开着
淡蓝色的小花朵

它们小得
几乎看不见

看见它们
我才知道
它们是存在的
而且
生命力顽强得
让人不得不
产生怀疑

带着《石头花纹》去茶卡

按事先计划，这次到茶卡
我要把《石头花纹》留在茶卡草原上

带着这本书
我走出去很远

我不想再往前走了
我决定
选一个地方
把书放下

不同于以往
在安顿好这本书
离开大约一里地时
我又折返回来

我改变主意了
这次我想把书
送给一个当地人
我重新取回了
这本书

离开茶卡时
我把《石头花纹》送给了
景区内工作的
一个叫李宝蓉的姑娘

现在这本书

就在她手上

茶　卡

茶卡、茶卡、茶卡……

连读起来

我就想起

二十世纪八十年代

一列冒着粗烟的老式火车

缓缓行驶在青海大地上

虽然

这款火车

早已被拆卸成各种零件

一块红色的石头

在茶卡盐湖浅水区

我捞起一块小石头

它上面

结了一层

白色的盐痂

把盐痂清理掉
才看清
它是一块
红色的石头

说不上
它在湖底泡了多久

几天后
这块红色的石头上面
又渗出了
一层

这次
我没有清理

关于落日的比喻

犹如一尊兽面铜鼎

为什么不能是这样
万物是一体的

你当然也可以把落日比作
一堆废墟

就像
在额日布盖大峡谷
诗人古马对着悬崖上
一只岩羊
叫我的名字

我会给他
应声的

所以，我也可以把一尊兽面铜鼎
比作落日

从终极意义上说
无论是落日，还是兽面铜鼎
又都是废墟

茶卡灵魂（组诗）

梁积林（甘肃）

茶　卡

除了雪和盐粒
我还能把什么放在心里
置换过来又置换过去，还把它们设置进了一场
诸神的晚宴。也许
盐湖里的那辆采盐船，喷着烟气
就是一堆篝火的灰烬
就是神留给人间的火籽

完颜通布雪山依然安静得像个处子
安静地让时光慢慢梳理
蓦然间
一道雨后的彩虹，一如
周穆王来看西王母的一道天路

一声鸟鸣
点亮夕灯

盐湖日出

这么早,就有一只鸥鸟
在天空深蓝的穹谷里徘徊
唧鸣,偶或,仰颈
长长地唳上一声
回环的刹那
像是天问,更像是
在召唤那个躬身盐湖的来人
似乎,红红的晨日是她刚刚孵出来的

什么在升腾,什么在凝聚
除了寂静,还有什么更好的比喻
除了美,和干净
除了我轻轻地尝吸着咸咸的空气
每个词,每次凝目
都是一次晶亮的洗礼

采盐船上的那人是啥时候上去的
他用头顶的一块白云,拭了拭
双手,又拭了拭,一只俯冲下来的鹰
在蓝空擦下的一道划痕。既而
够着身子,擦了擦
那块,黄铜镜

茶卡草原

鸥鸟啾鸣
灰兔探身

谁在雪线上弹琴
谁在雪线下低吟

镜湖紫光
照亮天堂

仰望星空
雁过留声

一群牦牛缓缓移徙
几座盐丘仿若堞堡

岚烟升起
相思万里

忽而铮琮
忽又颤吟

谁推着月亮的独轮车翻越昆仑
谁牵着一匹白驹缘湖橐橐而行

草波汹涌

露珠点灯

夜宿茶卡

一排晶亮的星星,真的是
天庭的檐角上挂着的风铃
隐约间,且能听到叮叮当当的脆响
甚或是一阵驼铃在翻昆仑

一只云雀
忽高忽低,兴奋不已
好像那块月亮是她刚刚安上去的
要让我看看,那亮度够不够数

让我看看,那座盐雕
是不是从远古来的

湖水静谧
转湖的度母

盐湖落日

这落日,分明就是一次
最新鲜的爱情。就是一次

最绝望的心动

镶银镀金
还在天穹，挂了一盏
老鹰的铜灯

宁可错过世界上所有的风景
也不要错过茶卡的这一夕红

盐雕注视
俄博诵经

时间凝固
仿若盐析

我已交出身体里，全部的路程
词语，和
来生
才给如此的辉煌，增加了
些许缘分

那落日，已熟成了一点樱桃小口
为夜的来临，轻轻地
吹了一下红尘

夜

那是一个人
打着火机,还是落日
溅出的飞红。随即
一切都隐遁

盐湖安静。月亮升腾,仿佛
佛擎着酥油灯,查看天空
还侧耳听了听神那边的声音

茶卡镇上

一队雁阵
盘旋在唐蕃古道上空
是照镜后的返身
更像是某个部落的一次西征

真想打马穿过茶卡古镇
仿若穿越一段纪年的隧洞
真想拍一拍某个人的肩头
用一句汉语换一句蒙语,一如
银子换盐
换马等

如果命能换命
我真想拿出
身体里贮存了多年的那把蝴蝶刀
赠予来生的一个十字星

还有那只鹰,时间的马灯
长长地唳上一声吧
而后,越昆仑
经天庭
再次探一探
从茶卡到拉萨的里程

茶卡三叠

吴少东（安徽）

茶卡盐湖

那些没有退回大海的苦水
在高原闪耀着光泽

融化从未停止
凝结也从未停止

雪峰融化的都是上年的新雪
压住岩石的寒冷比岩石还硬

茶卡湖每天都在凝结
每天都在渗出大海的原味

柴达木的眼窝多深啊
蓝眼睛里蓄满白晶与云朵

在盐湖中

穿着深筒的红靴子
在湖中慢慢蹚水

我将白色的云团
踩在脚下

我将四五亿吨的盐
踩在脚下

盐让我肌肉活跃
全身平衡

我在云朵上行走
我是一粒行动的盐

天空之睛

无论在湖畔还是在湖中
我都在寻一字,或一词
来概括住茶卡
午后的阳光将云的影子
完整投放到湖水中
像一个汉字从天而降

想到了我从人群中走出的净
从喧嚣中闪出的静,映照
云天,也映照似我非我的镜
我的境地两难,境界高下
此刻都已不重要

此刻我站在青藏高原
昆仑与祁连的雪脊,双眉皆白
茶卡盐湖如天空之睛
我是她蓝眸中
融化后重又结晶的另一个我

茶卡盐湖（外五首）

马启代（山东）

满天满地的盐
与我的骨头一样颜色
无论遭遇再黑的夜
也泛白光

我眼中的泪水
与这片湖水一个味道
无论世上多么干旱
也未枯竭

一望无际的盐
冷峻、孤傲，不爱说话
泪，与良知生死相许
靠它给灵魂消炎

来到这里，我是要问一问
多少人的泪水结晶出了这么多盐
这么多盐能让多少
酸甜苦辣的生活有滋有味

在茶卡盐湖，给酷暑中的友人发微信

大美无言
这里的美无数的镜头说过，诗人也写过
我拍几张照片发去
请消除一下雾霾和酷暑

这里的蓝，美得让灵魂颤栗
这里的白，是那种彻入骨髓的疼痛
这里的湖水在天空养育诗歌
这里的星空不仅仅在天上
这是让人悟透生死的地方
来到这里，我就是一尊结晶体

我在这里的抒情和思考
都是仙境里肉体凡胎的思考和抒情
我来这里，只是天空之镜的一个逗点
独自体悟自由与深渊的内涵
我在自己的祖国一直到处漂泊
我多想在此安家落户，可这里不是我的籍贯

我来这里只是路过
但我从此获得了一面镜子：天空之镜
其实它是上苍赠给人类的法器
需要用灵魂之水来擦拭

擦去忧伤、愤懑、热气腾腾的邪欲与水雾
我要用高浓度的盐水洗一洗文字
给诗行增加些硬度，还有光芒与悲悯

在穆瑶洛桑玛女神雕像前

守护神穆瑶洛桑玛
请赐我智慧和力量吧
富贵、长寿可以多多赐予他人

您手中的宝镜是否法力尚在
您碗中的五宝、五谷、五香和您主掌的盐
滋养了众生万物
穆瑶洛桑玛，令人敬仰的女神
拿起您的宝镜照一照吧
如今，众生万物需要您的五药和羽箭
有些病已非尘世的药可治
有些恶只能靠箭矢去消除
您端坐的莲座上波涛汹涌，也非太平
您就举起宝镜看一看吧

守护神穆瑶洛桑玛
请原谅我没有哈达、青稞、白酒和牛奶献给您
但请赐我们智慧和力量
有些事神仙不方便去管，那就交给我们凡人吧

题赠茶卡盐湖游客

领着爱人来
为了爱情能保鲜

领着孩子来
为了童心能保鲜

领着朋友来
为了友情能保鲜

领着长辈来
为了感恩的心能保鲜

告诉所有人都来吧
来茶卡盐湖照一照镜子

今天,我领着诗歌来了
为了良心能保鲜

在茶卡盐湖的黄昏,我与一场大风对峙

忽然来的一片云
从天而降的一场风
稀疏而紧凑的雨点

敲打在我的额头，擂鼓般敲响了整个湖面
几乎要把我一下子扫出景区
呃呃，刚到茶卡
就匆匆赶来，正欣赏美轮美奂的落日

我知道这是众神的黄昏
他们也正在空中与人类一起观赏
或许哪位值守正打扫观众席
天堂的扫帚每一下都可能让人间摇撼
那些硕大的雨滴
一定是茶卡湖的夕阳美得让神仙绝望
因陶醉流下了几滴泪

这个时刻，上下交感
人类和众神一同进入绝美的感动
那就祈祷大风来得再猛烈些
把我身上的污浊、郁闷以及命运中的坎坷
都一扫而光
将我吹得更空灵和高远些吧
请把污垢和肮脏也一并吹尽

茶卡盐湖，来了我就收获满满

谁说这里是死寂之地
这奔跑着，澎湃着，嘶叫着的云朵

连同阳光和风都是生机勃勃
这里生长美、诗歌与自由

来此追逐梦想的人
走进盐湖，就成为仙境的一部分
一批又一批，他们是这里新的风景
这里生长天南海北的歌声和方言

来了我就收获满满
那些生命中曾经丢失的东西
诸如辽阔、纯净、无忧无虑、无拘无束
一下子装进我精神的行囊

见证了茶卡盐湖的日出日落
还有不知从天上亮到地上还是从地上
亮到天上的星星
我似乎浑身已经在闪烁

我是茶卡的一粒盐（外四首）

北　塔（北京）

1. 被救

印度大陆板块与亚欧大陆板块相互激斗
大地在这里失去了一整片大海
连珠穆朗玛的泪珠都所剩无几
而我这粒盐留了下来
被囚禁在地下水牢里
只因我又重又硬

当你的船桨撩开卤水的轻纱
当你的耙子揭开面部的盖头
当你的钻头插入底部的洞穴
你仅仅用一把锈迹斑斑的铁锹
就可以把我拯救

2. 感恩

我会进入你的头发
让你在愤怒时把帽子顶起来
我会进入你的瞳孔

让你在老眼昏花时还能分清乌云和白云

我会进入你的口舌

让你的唯唯诺诺也有些许分量

我会进入你的骨骼

让你在屈膝下跪后还能站直

我会进入你的心肠

让你把里面的铁和石消除殆尽

我会进入你的精气神

让你把白开水喝成烈性酒

3. 功效

我是一粒盐

我把我自己埋在芨芨草的根部

让它们风吹不倒、雨打不垮

我降落在万马奔腾的蹄印里

帮助每一匹摔倒的驽马迅速站起来

我隐身于马头琴的每一个颤音

纵然琴弦崩断，余韵也会绵绵不绝

4. 警醒

我是青藏高原的一粒盐
任何一阵风来怂恿
任何一线光来提举
我都不会跟着鸡肉和狗肉一起飞升

我也不会到山顶上去加入积雪
——终年不化其冰冷
也不会到空洞的穹顶去做一颗星
——只让众人仰望

我是茶卡的一粒盐
已经在湖底隐修六千万年
如果没有人来开采我
我还可以安居亿万年

如果你把我提取，还要带着我远行
我愿意在你的裤兜里颠簸
当你在路途中累得坐下甚至躺下时
我会硌得你的肌肉和骨头生疼
让你疼得立马起身继续前行

盐湖里被废弃的铁轨

被废弃的铁轨
依然执拗地伸入湖水的深处
如同老盐工的手臂
依然在气眼里探取白色的铁屑

而盐,以液体的怀抱
紧紧箍着这双手臂
不是要让它们跟自己一起溶化
而是要让它们在改造一切的卤水中
永存,而且永不生锈

天空之镜里的云

这些神的遗落的霓裳
这些梦的仅存的碎片
我总是担心它们
因为太轻太虚而随时会飞走

我总是想沿着我自己的巴别塔
像拉着救命的绳子
往
上
攀

直到我能抱住它们
像抱住梦本身
然后，往下跳
像悬崖上殉情的男人

当我的双脚踏入这水镜
我惊觉所有的云都像石头一样稳定
或者面对面，或者背靠背
无论相互搀扶还是兀自寡欢
它们都有自己的位置

它们都受过卤水的洗礼
是盐
让它们不再头重脚轻地
在天空里飘浮

蒸汽会带着盐上升
去驰援总在出汗的云
然而这太空就是因为太——空
而容纳不了我和我的梦

我在茶卡盐湖里直视太阳

像一根等待被泡制的苋菜秆
我站定在白花花的卤水里

命令云阵抵挡
左右夹攻我的昆仑山和祁连山

我挺胸抬头,直视
那亿万双眼睛不敢直视的天的独眼
还用我没有缚鸡之力的手直指他的一万支箭
我高喊:"来吧,用你的光
提取我身上所剩无几的盐
从我的血液里提走
从我的骨头里提走
从我的灵魂里提走
从我的诗歌里提走
反正已经所剩无几!"

我从盐湖的心里抓取一把盐
其中依附的水分可能被吸走
而盐将从我的掌心
流入我的内心

今天我是一名盐工
采集着六千万年前
大海仓皇撤退时留给我的礼物

这天地之间的硬通货源源不断
我再也不怕被太阳夺走

山顶上的经幡

比天路更加漫长的旅途
经幡时不时倏忽一现
在不知名的熟睡的山顶

那一刻，流云停下脚步
几乎要跪下来
那一刻，积雪加速融化
像帽子被摘下

经幡是云做的，却不会流散
经幡是雪做的，却不会消融
五色交相辉映，却不会令我目盲

任何一只山羊都比我更加靠近
任何一块石头都比我更加靠近
那拖着漫天尘土的卡车都比我靠近

没有一条羊肠小径带着我沉重的肉身上升
有那么几个时刻，我似乎像一阵风
几乎能够抵达它的内部
但旋即发现，它离我远了，更远了

诸神聚会的地方（组诗）

苏　黎（甘肃）

茶卡，茶卡

1

人间的路呀，何其遥远
请在青海茶卡驻留片刻
看一片白云在蔚蓝的天空聚散
坐一列小火车驶进盐湖的心脏
我手抚一段水声，只为泅渡来生

念天地之悠悠，人世之苍茫
一万年何其漫长，半世又恍如昨天
茶卡，我把我自己带到了你的身边
用你的亘古来慰藉我的平生
用你的光和亮来照彻我的狭隘和灰暗

清晨，看你日出时的磅礴大气
日暮时分，欣赏你的端庄和稳重
在茶卡，勿念人世间的悲欢离合
勿念草长花短。我只想以心换心

用我半世的浮华换取你瞬间的宁静

在茶卡,天空澄明湖水清澈
水映着天,天连着水
你有再多的想法也会归于零
你有再多的欲望也会止于心
在湖心,我想一念成荷

2

晚风吹来
我的头发和长裙向后飘飞
我的身体向前倾斜
盐湖就是我今生遇到的最大的梳妆镜
湖水细细的波纹
像是在轻轻地揉皱着我苍白的脸

一朵白云,漫漫游荡在湖水中
像我沐浴之后的一次浅睡:慵懒而甜美
天空并不遥远,青海青雪山白
我内心一次又一次泛起的波澜
说不清,道不明
有一种心情,总使人想哭

在茶卡,金色的阳光一点点

占据并驻足我的内心
我的周身被宁静和安详笼罩
我已深陷大自然赐予世人的恩典
一种愉悦早已贯穿我的全身
在茶卡，我亦非我

3

水深夏长
白天，天蓝得接近了永恒
日暮时分
夕阳红得像一只刚哭过的眼睛
湖里的水，半湖明亮半湖暗淡

看着茶卡的落日，我突然想哭
不是那种偷偷将泪水咽回肚里的哭
而是放声大哭一场
将内心这半世积聚的泪水，统统哭出来

我这半世的泪呀，怎抵得上你一滴的咸
我追求的诗和远方，依然在路上
我易逝的青春，已是一去不复返
在这里，我遇见了我的前世和来生
我和她们泪流满面地擦肩而过

看着湖光山色，我突然明白了
此时，我为什么这么想哭
茶卡的落日，本身就在流泪
你看，它一步三回头
是流连这人间一天最后的时光吧

4

晚安，茶卡
今夜，我有点高原反应
头痛无眠，不能安睡
你睡着，我无眠

晚安，茶卡
适逢盛夏，这里不冷不热
远处的青草早已爬上了山冈
近处的半亩黄刺玫在庭院里打坐

晚安，茶卡
你睡着，我醒着。你静，我动
夜越来越深，月明星稀
窗外的大地在漫漫腾空

一层薄软的月色，早已铺垫好了
用来安放一座孤岛

孤岛上没有风声,也没有雁鸣
只有三两声轻轻地叹息

5

盐湖千年守身如玉
蓝天白云就是它的蒹葭苍苍
高原上吹过的一阵晨风
就是它的百合和玫瑰

一行行大雁,秋去春来
从它的心头一掠而过
明月,是天晴时邀来的客
唯有周边雪山的倒影
常驻心田,不离不弃

我要跪拜在盐湖面前
学习它是怎样将一肚子的苦水
凝结成闪闪发光的晶体
学习它的内敛和处事不惊

6

一块闪着微光的小石子
一块平常的石子

因盐水长期地浸泡
早已失去了自身的光泽

我把它从湖边捡起来的时候
它又暗淡了一圈
我在手心里搓了搓
能闻到它发出的咸味

我想，别小瞧这小小的石子
不知道在这里待了多少年
我要把它带着
远走他乡

我要用这块石子做饭煮汤
把它身体里储藏的盐一点点熬出来
还它本来的面目
抑或者，我要把它随身携带

我带着它就像带着一枚
精美的护身符。犹如
带着一整个茶卡盐湖
东闯西荡，云游四海

我想茶卡的时候
我会从容地从口袋里掏出小石子看一看

就会看到波光粼粼的盐湖
闻一闻，就会闻到咸的味道

用月光照一照小石子，就会有一扇门
徐徐打开：我会顺着一道光亮
再一次走进茶卡

手捧小石子
就是捧出茶卡的一个日出
或一枚落日

茶卡的落日

此时，用任何语言来比喻都是苍白的
橙红，酱紫，珊瑚
在我的词库里找不到一个合适的词语
来形容茶卡的落日

百感交集，欣喜若狂
更不能用几个形容词就能表达出
我此时此刻的心情
我只能说：诸神的黄昏

看呀，南面的昆仑雪山镀了金
北面的祁连山披上了华丽的霞帔

天上最美的一抹夕光

遗落在茶卡盐湖

去茶卡的路上

右边是完颜通布山

左边是皑皑的昆仑山

路两边紫色的砂珍棘豆开得正旺

草原上的点点白羊像雨后新开的花

天边，云卷云舒

湛蓝的天空是它的底稿

一行大雁飞过的天空是它的复稿

百鸟朝凤，龙腾虎跃正在内心酝酿

茶卡的星空

茶卡的夜那么静，那么幽蓝

随着夜深，天幕缓缓拉开

星星，闪亮登场

我最先看到的是北斗七星

它的斗柄正指向南方

众星，像草原上的青草一样发芽

也像无数的鸟鸣，忽明忽暗

银河，将天空一分两半
整个星空，像跌落在盐湖里
月牙，又像一只觅食的羔羊
仔细听，能听到咩咩的叫声

茶卡盐湖的夜呀
那么静，那么静
茶卡盐湖的星空呀
一眼，就是千年

茶卡的日出

半边天空都红了
还不见你来
光影已照在西山顶了
还不见你来

千呼万唤始出来
一只脚站在祁连山上
另一只脚，落在盐湖里
仿佛晃了几晃
才站稳了腰身

你刚一出山
就像脱兔一样，跳进了盐湖

先前的晨光早已为你铺好了
金光闪闪的大道

你越升越高了
收敛了先前的芒刺
像一牧糖果一样含在嘴里
盐湖时不时用舌头舔一舔

茶卡的盐

你不到茶卡
你不知道茶卡有多少盐
我们平时以克论盐
茶卡以吨论盐，以船论盐
我们用水泥沥青铺路
茶卡用盐铺路
我们用石头雕塑
茶卡以盐雕塑

不要以为茶卡只有盐
近处有湿地，远处有草原
湿地里有飞鸟，草原上有牛羊
茶卡不但有咸，还有
甘和甜

茶卡遇雨

午后，天边
一片黑云压得越来越低
等飘到盐湖上空时
再也不堪重负

将一些重负以雨的形式卸载了
盐湖又增加了一些分量
它们彼此分担着
心照不宣
不分你我

雨停了，一道彩虹桥
接通了天和地
我在想，那一阵雨会不会是诸神
前来盐湖约会
这会儿又乘着彩虹回了天宫

雨后清晨

空气像过滤了一样清新
草原上的草又绿了几分
湿地里的鸟鸣，像打磨过一样
日头，吐着一根根金丝线

盐湖，仿佛下雨时一片天空
不小心跌落在昆仑山的脚下
湖光山色，白云
在里面徜徉

此时的我呀
什么都没有说
又什么都说了
无语，就是千言万语

天空之镜：茶卡飞行笔记

王桂林（山东）

想象：6月18日，济南遥墙机场

候机时我就开始上网搜索
有关茶卡的信息，一面镜子
在大厅里晃来晃去。
天空之镜。
我可以想象出飞机
在镜子里穿行，照影，因为我曾陪伴她，
无数次这样做过。
一次次穿行，一次次，短暂的
闪电影像，
闪耀然后消失。

而茶卡，达布逊淖尔，据说才是
真正的天空之镜。
从泉城出发，我和她
需要一起飞行三四个小时。
我们还不太老，相信还都能在
想象和词语的天空
肆意翻舞筋斗云，在自我的镜子中

划出一道道

银色，或者黑色的弧线：

一首想象之诗。

滑行：6月18日，济南遥墙机场

飞机开始

在跑道上滑行，为即将的升空

热身。

另一架，她的闺蜜，刚好从旁边跑道上

与她擦肩而过。

没有问候。骤然加速。

记得十一年前去耶路撒冷，

我和她

也曾有此一幕。

我在死海里漂浮，她在空中

轰响，旋舞，

向我眼中，撒下盐。

我不敢继续想象茶卡，盐湖的蓝与白，

咸与苦，凝结与溶解。

聚散离合之地。

你早已

在那里等着我　而我

却醉心这身不由己，把玩词语的盐粒，
在想象之诗中，滑行——

转机：6月18日，银川河东机场

银川。转机。正在下雨。
雨水，从天上往下落，我的心，
也开始从天上往下落。

我知道，盐湖里的盐
并不会因为我和银川的一场雨，
增多，或者减少。

我眼中的盐和心里的盐，也不会
因为银川和茶卡，稀释，摊薄
或继续堆叠。但我

还是希望抵达茶卡时，这阴雨天
会迎来转机，太阳有两个：
一个在空中，一个在湖底……

极地：6月18日，西宁曹家堡机场

"高原如猛虎"，极地
宜发极端之想，写极端之诗。

我还没到达茶卡。西宁不是北极。
但盐湖，应如——北冰洋？

蓝色的镜面折叠起两个蓝色世界。
蓝色的盐山就是蓝色冰山。

是否，生与死，爱与恨，
都是盐湖一根银线切开的两部分？

等到有一日，我来到你面前，
被你沿这根线折叠起来，合为一体？

或者，把两个看起来相同的世界
彻底离分，一刀两断？

草原：6月18日，西宁曹家堡机场

接近茶卡，群山起伏
白云悬停在蓝色幕布上
为草原投下阴影
——羊群移动的坐标

山顶上积雪闪耀
与凝滞不动的云团

凝视，对话
如在埃布罗河的河谷

空旷不是空无一物
空无一人。矮草草原
遍地都是骆驼刺，芨芨草
一棵棵野菊的手捧花
那草原献给天空的礼物

没有一个山包不是圆的
没有一道溪流不是弯的
就连摆在草地和溪水边的石头
也都被神轻轻抚摸过了

茶卡：6月18日，西宁曹家堡机场

每次说完茶卡二字
我都要闭上嘴
深深做一次
吞咽的动作，仿佛
这两个字里面
有盐，有蜜，有茶
只要说出它
就卡在喉咙口

眼睛：6月19日，茶卡盐湖

你的眼睛大而蓝色。
一手遮天之手，也无法遮住
从深处涌起的光芒。
乌云也不能。而茶卡没有乌云。
所有云彩，纱巾，诺言
都已被你浸泡，淘洗。

茶卡。茶卡。
天空的眼睛。大地的眼睛。
茶卡。茶卡。
天堂的入口。心灵的入口。

行走：6月19日，茶卡盐湖

造物总是出其不意。让不可能
成为可能。茶卡隆起的盐山接近水面，
坚实而平整。众人在水上行走，
远远看去，
宛若一群上帝。

我穿上红色水靴，在水上行走，
也想做一回上帝。
饱和的盐水，阻止我的理想成为现实。

我在水上迟疑缓慢行走，感到主宰自己
比主宰众神还要困难。

但我仍被眼前景物所迷惑，所陶醉。
往往，人处在什么位置，
就会产生什么幻觉：
昆仑在南，祁连在北，
蓝天和白云，被我踩在脚下。

远处一条红船，搁浅在盐层上，
它在此本就不是航行之器。
一个道具，一个上帝的玩物，
依然摆出乘风破浪的幻觉姿态，
在蓝色与白色的世界里格外显眼。

在这蓝白世界，我也是一个杂质。
短暂行旅，却存永恒之念。想起那人也曾
在水上行走，死去而后复活，
水上的光就霎时向无限散开，脚下的盐层
就隆隆响动起来……

日落：6月19日，茶卡盐湖

我就这样坐在盐湖岸边
静静地

等待日落，静静地

看一个伟大生命走向他的晚年

直到——用一腔热血

填满整个黄昏的

咸涩与虚无……

湿地：6月20日，茶卡盐湖

其实我更愿说说这一片湿地

在茶卡盐湖东北角

观光火车道西边，一小片湿地

紧贴着盐湖的后背

成为坚硬青盐的一片血肉

一座草原的缩写

是花牛和白羊的家园

鸟在青草上低飞，兔子在斜照的晨光中

竖起闪亮的耳朵

它平铺于此，如此安宁

头顶积雪的群山把她温柔环抱

这或许，就是我半生四处找寻的

应许之地：不被注意，独处一隅

有青稞，有水，白云在溪流中游走

五彩经幡随风飘动

还有触手可及，取之不尽
骨骼和魂魄都不可缺少的，盐……

词根：6月20日，茶卡盐湖

奔赴数千公里
我来到此地
寻找我的词根

从盐到盐，从词根到词根
结晶的眼泪
从地脉的坚实和虚无中隆起

一个词，被固态的嘴说出
也被液态的嘴
说出——

反复含蕴，咸涩的滋味
进入肠胃，血液
等有一天再次析出，结晶为诗

而诗，才是生活最好的
观察者，体验者，发现者
最高形式的镜子——天空之镜

是显微镜,也是放大镜
没有镜子就没有你
没有诗,就没有生活

镜子:6月21日,西宁曹家堡机场

就要返程,回到
另一面镜子中。
茶卡的湖水,雪山,晨阳和星空
能否在我有限的生命中,
再次俯身?她蓝色的眼睛
能否在城市铁灰色的夜里再次闪亮,
让伤痕累累的心灵,继续战栗,鸣响?
——美景皆如梦幻,
你永远无法得到。
也无法带走。

那么,就让这面镜子,
最后一次望见我。
让我在她的湖底
留下一点点印痕,或者相反。
大脑会遗忘,但诗会记下
我曾在茶卡最纯洁、圆融的镜子中现身,
得受洗礼,得增勇气,
从此敢于

奋力扳动岁月的齿轮，擦拭过去和未来
所有存在之镜和词语之镜上的
尘埃……

茶卡盐湖（组诗）

倮　倮（广东）

茶卡盐湖轶事

如果史蒂文斯愿意
把他置于田纳西州的坛子
借给我，我就把它
放在青藏高原的群峰之上
把茶卡盐湖装进去
把蓝天白云装进去
把我装进去
烹制成圣餐

——荒野何时向我涌来？

茶卡盐湖的落日

黄昏。天南海北的诗人相约去看落日
落日有点矜持、有点害羞
迟迟不肯落下来——
如果我是太阳我也不愿落下来

诗人们的心情丝毫不受影响
东拉西拽，熟悉或神交已久的人
愉快地合影留念，没加微信的互加微信
落日的余晖在他们脸上的皱褶里荡漾

没有人关心远处的山顶上
一排排硕大的风力发电机
絮絮叨叨诉说什么
——时代的机器又能说什么呢

晚上八点左右湖面上开始起风
而且越来越大，风力发电机奔跑起来
飘飘洒洒的小雨像汗水飞洒
落日张开金色的翅膀慢慢向湖面降落

这时候眼前有三个落日
然后变成了两个
暮霭慢慢从四面涌来
落日终于不见了

——落日像一个喝醉酒的康巴汉子
金色的斗篷皱皱巴巴
慢慢变灰变黑
风把落日吹进了夜的黑洞

从茶卡盐湖的喉咙进入另一个世界
重新轮回，我眼前一个落日都没有了
心里却有比许多还多一个落日
此时，我想起一个眼睛里有一个落日的人

在茶卡盐湖仰望星空

深夜十一点
十几个诗人
去景区观星台看星星
星星布满星空却并不震撼人心

据说每一颗星都代表一个人
可我却找不到我自己
不久前我在一个星星命名的公司里
注册了以自己名字命名的星星
此刻我连北斗七星也辨认不清
更看不到我的星星
——它如何给我安慰

除了一只飞机飞过
几束激光胡乱晃动
似乎没发生更有意义的事情
一个诗人说星星不会
在湖面留下倒影

月亮才会
诗人不要乱写

精确是一种美德
我当然认可
但我更愿意寻找一种奇异的美
我想起在因特拉肯
与一个陌生的外国老年妇女
站在隔壁阳台上
仰望星空
我们举起酒杯
她说：干杯
我说：cheers
那一瞬间的美好
比满天繁星更荡人心弦

天空之镜

我想把天空之镜卷起来
与玻利维亚的天空之镜一起
卷成一个圆筒
藏在我的诗里
把镜中的影子也卷起来
藏进我的诗里
我还想把自己捣碎

卷起来

藏在同一首诗里

皱褶的诗篇

在盐的结晶体内

反射出天空的颜色

而我希望它是放大镜

在阳光下聚光

等待一个燃点

把乱七八糟的想法

燃烧成为灰烬

茶卡湖的风

穿过纸片一样的我

把它们吹散在天空之镜中

整个茶卡盐湖都在等你

无论你是黑夜

面颊上的一滴眼泪

还是蔚蓝天空中的一滴雨

请你落到茶卡盐湖吧

亲爱的,快来吧

因为我在这里等你

我想揽着你的腰

在湖边跳一曲轻快的华尔兹

此刻,让盐停止生长

让石头停止战斗

让喜鹊和乌鸦停止争吵

让束缚我们的绳索

一节一节自行断落

我锈迹斑斑的躯体

在青盐的亲吻下

大圆号般丰润

我捡起一根水鸟遗落的羽毛

仔细端详，唯一的那只水鸟

在湖面上投下的影子

就是我的影子，多么快乐啊

仿佛整个茶卡盐湖都是我们的

仿佛整个世界都是我们的

一阵风吹过，我们

成为湖水与盐卵石相碰

泛起的一个涟漪

风吹茶卡（组诗）

杨廷成（青海）

茶卡的云

是谁把一条条哈达
系在昆仑连绵的山峰上
每当风儿吹来时
柴达木盆地都荡漾起祝福的歌声

这些洁白的云彩
都是在这盐湖里洗涤过的呀
它们在晴空里飘来走去
像牧羊的姑娘那样纯净而又灵动

如果在茶卡盐湖
你躺在马莲花盛开的草地上
在夜晚仰望满天璀璨的星星
在白天就可以数一数跳舞的云朵

它们在情歌中相拥
是情深意长的藏家姐妹在嬉戏
它们在长调里奔腾

是策马扬鞭的蒙古汉子在逐鹿
南边是头顶银冠的昆仑
北边是身携长风的祁连
和你爱的人在茶卡看云吧
这是人生最美妙而浪漫的事情

向一粒青盐致敬

正如一粒粒渺小的沙子
组织成令人敬畏的浩瀚沙漠
茶卡的一颗颗细小的盐粒
凝结成充满魔幻的辽阔盐湖

亿万年前海潮退去时
那些鲜活的生命都随之东流
只有这些钻石般高贵的青盐
毅然决然地留在了养育它的故土

它们渴望昆仑山的雪水
能够滋润光洁而裸露的肌肤
它们期盼柴达木的风暴
能够锻锤一粒盐坚守的初心

可以忍受夏季烈日的炙烤
可以抵抗寒冬雪霜的侵袭

这些卑微而无言的青盐们
紧紧地搂抱在一起仍凭时光煎熬

曾经的驼铃叮当远去
摇睡那一轮纯净的天山明月
往日的马队蹄花四溅
穿越圣城拉萨初醒的黎明

有盐的骨头永远不会缺钙
有盐的血脉才会持久传承
在茶卡,向一粒青盐致敬
因为它是华夏儿女繁衍生息的根

盐湖落日

当落日迈着疲惫的脚步
跌入被云层紧锁的山谷时
那金碧辉煌的夕光
把天边的盐湖涂成耀眼的圣殿

是谁收住了匆匆的脚步
在栈桥边眺望最后一抹晚霞
是谁行走在落日熔金的湖面
把自己的倒影镶嵌在天空之镜

牧歌在晚风中飘来
那是蒙古汉子从湖边打马而过
民谣在草原上响起
那是藏家女子从山中牧羊而归

此刻，落日是一轮豪华的车辇
响雷般滚过白雪似银的昆仑山顶
在人们期待的眼神里
又在孕育着一个诞生传奇的黎明

星空下的篝火

茶卡，夏夜静得出奇
晚风都收住了轻浅的脚步
华丽的蒙古包灯火不眠
一场盛大的篝火晚会将隆重上演

干裂的松木在炉膛中
散发着大森林迷人的清香
醇厚的青稞酒在银碗里
飘溢起河湟谷地醉人的味道

风暴般的脚铃声响起时
摇醒了昆仑山浩瀚的星群

女神们在湖边尽情地歌唱
陶醉了祁连山顶的一弯明月

星星们睁大惊奇的眼睛
眺望这人间最美妙的时刻
草地举起一柄燃烧的火炬
把茶卡的夜晚照得透亮通红

今夜,盐湖张开母亲的胸襟
把来自远方的游子揽进怀中
星空下的篝火是一盏不灭的灯
你们是舞蹈在山水之间的茶卡众神

星空涌现茶卡盐湖（组诗）

郭建强（青海）

盐马纵驰

在盐盖之底
一匹匹白驹，一纵纵青骢，一弧弧墨骏
往来穿梭，仿佛是以身体和影子弹拨无解的终极
　　之谜

在混浊的倒影
你辨识出日精的芒烁，月神的沁凉
都是那些稍纵即逝的马匹
都是那些以结果引申更大疑问的矛盾风景

一匹匹骑着风的马，骑着火的马，骑着冰的马
都是骑着你，你骑着的自我之马

在一世接着一世，一时接着一时的隐没和跃出中
勾挂你的味蕾，挑逗你的唇齿，改变血液流速

茶卡：
就是一双马眼向天盛开，蓄满葡萄般滚动的水粒

就是无数马眼向天盛开，蓄满星星液化的石子

就是提醒无数个你，和你的无数——

到来，就要深入更加繁复风景

连　缀

十万丈绀蝶闪烁其羽

十万朵孔雀蓝一言不发

越窑瓷骨密度提级

茶卡：融溶着帝释青

十万吨靛蓝藏纸层层叠叠

从湖底铺陈天际，扑到更远

着红裙，披草绿，裹着深色大氅

金色的人儿跃动，连缀天地间的经文

转　化

你越来越近的时刻

我越来越静，静到呼吸息止

心跳在最猛烈的瞬息凝固

所有的锁链化为晶体分子结构

你越来越近的时刻
一个宇宙赶在眸光映射之前凝缩
成为从天空掰下的一片青冥
成为梦的颜色,爱的味道

一粒盐

湖水捧出一粒盐。
接着又是一粒。

像是朝霞擦亮一座雪山。
接着又是一座。

乳齿
石钉
凝固的奶酪。
冰冻的马鬃。

黎明把一根根白骨点燃
成为一束束血红的珊瑚
枝状的血脉,水声汩汩。

而沉默的盐
和更加沉默的湖水还在无声追逐
相互变换时间的形体。

蝴蝶白色的叹息成为实在。

赤裸的时光复活。

星空涌现茶卡盐湖

不计后果的星群
只管发布命令：仰脸，仰起你的脸——
在眉骨之上，成吨成吨的美挥霍

夜游的人们跌跌撞撞
大野石头的寒气蒙上镜片
从更深处涌出，就像盐从湖水起立
晶体的锋芒剖裁云岚的襟衫

已知躯体可以明亮，求解万物如何发光
已知智慧就是行动，湖底、天空和梦如何行动
短短一生，谁在凝聚万世的咸涩

舌尖上的大青盐演示天空之蓝

天空之蓝
云波之白

纷纷跌落：羽翅、脉管，无声哽鸣
前宇宙的大海沸腾呐喊：
越来越热，越来越紧，越来越密——
水族在响亮的夕光退场
骨肉和神色煎熬于大地撑起的坩埚

这是先天的革故鼎新
先天的物质不灭，蒸馏实验室能量不变

在你面前每一毫克的物质都是咸的
每一瞬息都是咸的，舌尖味蕾的每一次停顿都导向
　　回忆
都是包含水与石、梦与火、浓烈与寂然的
多重宇宙博物馆

大青盐
在血液的喧响中分析诞生之前的你
天空之蓝可能同于此刻之蓝
云波之白可能相异于今日之白

天空之镜或茶卡十九章

曹有云（青海）

1

太阳底下
我一直在这里
一直在这里浩瀚呈现
你能否找到言辞恰切的入口
登堂并且歌唱

2

来到这里的
想在大地上看到一面魔幻的镜子
想看见另一个被遮蔽已久更美的自己
想遇见缘分和奇迹
想有情人终成眷属，获得幸福的电闪
想在昙花一现的尘世获得永恒

3

人们行色匆匆

来来去去

但我在这里一直没走

一直在期待着一位诗人

一位浸蘸着我浓烈的骨血

写下一行石破天惊

配得上我不老容颜和不朽精魂的千古诗句

在时光悠久的长风中代代相传

永不落幕

4

看哪，天边

诗仙李白骑着一匹电闪似的白马飘然而过

青春的海子驾着烈火熊熊的太阳长车轰隆而过

他们都曾经来过

高举着骄傲的酒杯来过

携带着旷世的天才和沸腾的笔墨来过

瞬间，文思泉涌，笔落诗成，天地交响，万物合唱

5

所有的旅行都是寻找

所有的寻找都是对自我的寻找

在茶卡，对着一池古老而简洁明快的盐湖

你究竟看到了什么

又找到了什么

6

在茶卡
我们抒情还是思想
飞翔还是凝视
古典还是现代
游牧还是工业
商贸还是旅行

诗人哟诗人
我们必须要找到食盐一样不朽不腐的真理
必须要找到晶体一样精密坚固的形式美学

7

据生物化学分析得知
人体的体液内无机盐离子比例与海水相似
事实雄辩地证明：生命源于海洋
源于水和盐
来到茶卡，就是回到生命的源头
回到母腹和骨血
回到阔别已久的家园
我们理应欢呼雀跃

理应由衷赞美，尽情歌唱

8

茶卡在天上
你必须仰望才能窥见其堂奥
茶卡在地上
你必须经过持续的奔跑或者飞翔才能抵达神圣的殿堂
茶卡在远方
你必须满怀赤子之情才能诗意地栖居
茶卡，茶卡
你就在我的心里，恋人一样含情脉脉
茶卡，茶卡
你就在我的梦里，马兰花一样怒放
茶卡，茶卡
你永远是初见
永远是激动人心的爱情与未来

9

来吧，来吧
从四面八方奔赴而来的兄弟姐妹
让我们在苍穹之下，大湖之上
一起自由畅想，一起激情书写
那石破天惊的不朽诗句

如此,你就是天空之镜期待已久的卓越诗人
就是当之无愧的茶卡之子,高原之子

10

盐湖用十万年太久的光阴删繁就简
只留下盐
一种元素
一种语言
一种音调
一种色彩
一种形式——
盐湖

11

盐湖生处万物枯
盐湖用十万年太久的光阴毫不妥协地明示
大道至简
荒凉亦为美为真为善
不言不语,向万物众生慷慨奉献了
取之不尽,用之不竭,不可或缺的食粮
——大青盐
奉献了一处这边独好的辉煌风景
——天空之镜

12

盐来自天上
来自遥不可及的星辰
来自敏捷如风的舌尖
来自深不可测的人心
来自——
古老的"不可知"哲学

13

形色乃至神韵
两面绝对重叠的镜子
彼此看见
彼此照亮
彼此成就

哪个为真哪个为幻
世界的边界和原型究竟在哪里

14

你在天上同时也在地上
你在地上同时也在天上
你在水中同时也在云端

你在梦中同时也在脚下

你在十万有情人彼此凝视的眼眸里

你在十万追梦者锲而不舍的心海里

15

你是谁

你有多少个分身多少个形象

你在浩茫天宇的多少个维度多少个空间

自由穿行，自由呼吸，生生不息

16

十万年后

我还在探寻你吉祥的消息

不朽的形象

倚在高高的窗台

望眼欲穿，热泪盈眶

你在哪里啊你在哪里

一切是否安好如初

誓言依旧

17

你在古老的湖边静坐

就是孤独的思想者

你在如梦似幻的湖中行走

就是自由创造的艺术家

或者就是艺术本身

一幅幻变无穷，无尽可能的巨作

一首狂想不已，没完没了，永不结尾的长诗

而你在茶卡之夜凝视近在眼前的星空

就是不可思议不可知解的玄学家

18

诗人博尔赫斯浪漫地说

所有的不期而遇都是约会

如此，六月，我们如期而至的到来

就是和惊艳于世的茶卡盐湖期待已久的约会

就是和大青盐忠贞的守护神穆瑶洛桑玛海枯石烂的
　　约会

就是和缪斯女神电闪雷鸣般的激情约会

就是我和你缠绵悱恻，依依不舍的约会

就是和一面魔幻的巨镜如梦似幻，难解难分的约会

19

约会吧，约会

我们还要再来

带着不可抑制的渴望

带着浓烈如酒的笔墨

带着对生命与爱情永不停息的热恋

带着梦和词

走向你——

多情的茶卡盐湖

走向你——

美幻的天空之镜

茶卡的星空（组诗）

陈劲松（青海）

青铜之镜：茶卡盐湖

这沉重的倒影：群山，乌云，咸涩的盐粒
这轻盈的倒影：白云，风，以及一对
拍婚纱照的新人的笑容

时光磨砺，这被细细打磨过的青铜之镜
怀抱过时间之尘和历史的烟云
怀抱过远去的驼队和马匹

不是风，而是那对恋人的笑声
让湖水生出了涟漪
白云拂动
是神的衣衫
让一爿大湖：一面青铜之镜
生出了摇曳之心

茶卡盐湖，夏日的午后

风搬运着云朵

白云轻

乌云重

雷声隆隆

一场雨

将来未来

一爿大湖

满含着咸涩

大湖之侧

一个青年男子

像胸中掀起了涟漪的盐粒一样

内心溢满了

微微的渴意

茶卡的星空

这白银的夜晚

银河倒悬

星星的盐粒

垂落下宁静而又浩荡的光芒

未眠的旅人,屏住呼吸

抬头凝望着精心布置的圣殿

满怀虔敬,领受这茶卡之夜的恩泽

狮群般的雪山肃立
看星星纵身跃入大湖
和盐粒一起
在澄静的湖水中洗了又洗

斗转星移，那璀璨的星空
——一个巨大的转经筒
正被谁
一圈圈转动

天空之镜广场上的经幡

鲜艳，斑斓
清澈的风把它们怀抱的吉祥
一次次打开

天空之镜广场上
哗啦啦作响的声音
是风诵读经文
读出了声

我读一遍
风已读了十遍

与茶卡盐湖对望

你沉静
我就努力按下心中的波澜
你泛起涟漪
我的心思就微微动了一下
仿佛夏日漫长的午后
我短暂地出了一小会儿神

你身体里析出盐粒
我幽暗的身体的宫殿里
也满布着这坚硬而奇妙的元素
那无瑕的洁白
是我渴望并梦想着去坚守的
骨头和底色

你清澈
而我显得浑浊
我要像你那样
沉淀下血液里的泥沙
紧紧抱住
身体里的那爿
澄澈的湖

天空之镜

真实还是幻境
这被叠加的双倍的美好
——肃立的雪山,游移的云朵
精细地打制着光芒的星星
以及,一个游人关于美好的想象

——在幽深的水晶的宫殿里
全都拥有了梦幻的影子

与茶卡盐湖对望（组诗）

马文秀（北京）

与茶卡盐湖对望

与茶卡盐湖对望，试想
一粒盐的重量

置身在盐湖，让足够的重量
拖着自己前进

甚至在与高原湖水的阻力作斗争
向前一步，再向前一步

终其一生，我们都在对望
与花草树木，与宇宙星河
对望本身是一种审视

茶卡盐湖的空白美学

青藏高原的风，粗狂而犀利
风中偷藏的盐掠过面庞

仰头，在无边的白中思考
空白的价值

茶卡盐湖的空白
带着当代新水墨的意境
构成空白美学

低头，吟诵一首诗
每个意象新鲜而自由
视线随着风奔跑，探索不断
衍生的谜

谜将解未解，随着盐的纯度沉淀
这多像三十岁的自己
有些事只能在流云中去想象去填补

彼此的独白

在茶卡镇的夜色中
仰望纯净的星空
一群星照耀着另一群星

彼此的独白，交织在光线中
顺着光线抵达过去

星星的轨迹，述说苍生的故事
没有语言的独白，并不苍白
无声更是一种力量

眼神交汇，我们成为了彼此
遥望的一颗星
纯净辽阔的苍穹不近不远
伴随左右

每个人都有各自的星辰
漆黑无法向前时
要勇敢打开星辰的光芒

掌纹中流动着一条湖

诗人立于山峰
昂首望天，透过星空似乎
能听到茶卡盐湖的呼吸

在停滞的时间中寻找证据
相信曾经的过往
总有一天会汇合在自己身上

至于接纳朴素或华丽的部分
全凭内心的选择

背转的侧影映在湖面
跟星星一起发光
转过身，掌纹中流动着一条湖

此刻，星星成了黑夜的脊梁
他肩膀上的重量就减轻了

盐　工

地球板块运动
在青藏高原留下一块蓝宝石
留在了乌兰县茶卡镇盐湖路9号

茶卡盐湖的风奏响夜曲
曲中情感源于湖水
风用不同的力度扮演高中低音

采盐船停泊在盐湖中
古老而又现代
贯穿了大青盐的发展史

咸而又咸的湖水
将数代盐工的故事
安放在一座座盐雕中

前往茶卡盐湖的路

前往茶卡盐湖的路很荒凉
荒漠上遗落的土墙
一截又一截

残损、断裂,记录着到过的痕迹
蒙古人各自的领地
记录了他们祖祖辈辈的英勇

低矮的草,坚硬、青绿
紧挨着戈壁的土墙生长
此刻我需要在一首诗中对花草有所关怀

在彼此的身上寻找生活的意义
直到我们看不见彼此

大美之境

高原的草,不甘心长在荒漠、岩石、沙漠
直接冲破沥青,屹立在马路上

这跟高原人的秉性一样
脚踩泥土,心中不只有星空还藏有山水

亲爱的路人，不要去打扰一株草
与它自然地相处
无须安排想要的情节和曲折

也不要摘走草尖儿上的那层白光
让其漂浮，自然生长

青海大美之境
像苍穹中洁白的哈达一样
望不到尽头
却给人一种绝处逢生的喜悦

驼铃声切开历史一道口

驼铃声切开历史一道口
猎猎西风，吹不倒潜藏生命力的骆驼

数万骆驼，一匹紧跟着一匹
一排排从草原、戈壁、河湖走来
如同探秘者走向三江源

数年后，骆驼与驼工的故事
成为文物资料，被珍藏在陈列馆

不知名的骆驼
从偏僻的大西北发出了声音

沿着声音回望
一代代驼工匍匐在青藏公路线上
与劲风搏斗数十年，见证历史变迁

如今，诗人沿着各种迹象向前
探秘三江源，寻找放在源头的诗

对源头的探寻

我一直没有停止对源头的探寻
对三江源的想象，没有喧哗的深情

预想危险大于危险本身
最重要的是行走
只有靠近光明，自我才会被打开

从茶卡盐湖一直向前
越过雪山、冰川、湖泊
数千里的跋涉
收藏在眼中的风景
悄然成为身体的一部分

奔赴山河的人，梦里有翅膀
埋着一条可以延长的路
它能寻找机会打开时光之镜

立于三江源，做自然的歌者
带给困于时间和空间的人行走的勇气

诗写茶卡

张　华（安徽）

将访茶卡

茶卡六千里，相思年复年。
因君诗有约，使我梦将圆。
折柳江南雨，乘风塞北天。
白云先已至，原上展毫笺。

茶卡途中

西宁更西处，行向海西州。
旷野唯沙草，群山多白头。
原空驹马骏，天近朵云浮。
始信昆仑北，最宜茶卡游。

茶卡盐湖

仙神千掬泪，相望两嵯峨。
浅卤光凝雪，微风水不波。
人行入瑶界，泉涌结新醝。
皆道湖盐利，至今思景颇。

天空之镜

久慕盐湖水，乾坤一镜磨。
天光无上下，山影共婆娑。
积雪青池卤，堆霜白玉珂。
犹怜红帔客，款款涉星河。

莫河驼场

红馆高原上，两行乔木森。
尘烟遮往事，文物有余音。
抚旧追英烈，伤怀慨古今。
驼铃犹在耳，天路入云深。

第二辑 天光云影的传说
——青海诗人眼中的茶卡

茶卡盐湖摄影作品选·王征

茶卡盐湖摄影作品选·费振宇

茶卡盐湖摄影作品选·王生荣

青盐之海

马海轶（青海）

废弃农场，沙化草原，干涸河道，有人曾路过这里
昔日的战场，烽火台，三角城，又是谁的故事
大水桥，小水桥，巴音河，玛亚纳河，时间就这样
静静流动，青盐的马车在后半夜的弯月中开始上路

十万年后，我看见马车和满载的青盐停靠
青海以西，遥远和广大之神共同打坐的广场
还有一支芦苇，以及它头顶摇摇欲坠的云朵
青盐，借着风声水声和云的道路，在天际间动荡

历尽艰辛，茶卡，艰辛之后还是艰辛，茶卡
你大块小块的青盐，在荒原沐浴和等待
小火车运来一群有情的人，又运走一群
无缘的人。谁是你命中注定的王子

我在喧嚣中写下，蓝天、明月、雪山和天堂
我想用词语的铁镐，掘出亿万年前的月色
我想用词语的天平，称出茶卡和雪山的重量
我想用词语的镜子，照见天堂的容颜和你的前世

月光早已融入地质构造和青盐的每一块晶体
黄昏，一粒青盐发现一朵星光，花儿盛开
花儿名叫琪琪格，琪琪格啊，青盐琪琪格
你照亮荒原，照亮羊群，照亮满天星光

青盐的重量早已渗透时间的骨骼，生命的体质
黎明，一粒青盐唤醒一朵星光，少年成长
少年名叫达布逊，达布逊啊，达布逊淖尔
你照亮雪山，照亮骏马，照亮一树开花的词语

现在，风平浪静，镜面伸展，容纳了整个天宇
我却看不见天堂，看不见自己，看不见前世和今生
现在，你形影相吊，孑然一身，遗世独立，荒原上
你还是你我还是我，只能在各自的伤口上撒一把盐

我看见，等待我的到来，你憔悴得线条模糊
我应以抱歉的心情，阅读时光撰写的生命传奇
一粒盐仿佛一个抱怨，默默流露，液汁渗入
我的眼睛，我的舌尖，我的感觉，使我疼痛

还有怎样的生命和你依偎，博大的沉默
撕碎人们的傲慢，你在风中起伏的浪头
与天边的云波接壤，在隆隆的声响中
我和你摇曳不定，在时间恒沙般的眼神中

流露逝者如斯地老天荒的感慨，我蓦然回首
发现思想徒劳，自由的寂寞，与黑夜一同
降临。天地之间，苍苍茫茫，沉重的诗句
与白发丛生的过客，瞬间被无声无息地遗忘

远道而来，我喃喃重复陈旧的故事
故事久被搁在角落里，已落满灰尘
我轻轻拂去，你便出现了，还是可人的
模样。月光映着你的容光，在多边形旁微笑

远道而来，我无力回报你始终如一的惦念
我只能将你想象成梳着好看发辫的姑娘，身穿
亲手编织的毛衣，胸前织满漫不经意的图案
一直笑到深夜，温柔的山脊涌来涌去

远道而来，我在人群中注目、在盐堆旁寻觅
那与你短暂厮守，默默苍老的手指和面容
倾听他们咀嚼食物和呼吸盐分，倾听他们的
欢乐和忧伤，然后带着时间的骨头重新出发

而我只看见流云、劲风和逐渐冰凉的九月
而我只看见玻璃、镁光和容易褪色的红纱巾
而我只听见车鸣、惊叹和一只细腰的蜻蜓
在两列火车的间隔中接近你秘密的季节

天光云影的传说

远道而来,我与你的洁白无瑕和广阔无垠相逢
如虔诚的信徒,甘愿被你悠久的瑰丽优雅引领
在接近湖心的地方,我看到由单纯和单纯决定的美
美的浓度过高,几乎能听到琥珀与琥珀低沉的吼叫

远道而来,想起一些,譬如从碱土中熬盐的背影
远道而来,带走一些,譬如两匹缎子,一两青盐
我不想入睡。有多少人,梦中错过夤夜送盐的马匹
我不愿醒来。有多少次,醒时错过盐分饱满的女子

远道而来,借你的眸子,看见七位穿着红袄的少女
正午的泉边,搓着冰草的绳索,累了就轮流舔食
 一块青盐
远道而来,在你的巨型泉水旁试图歌唱,而一经出口
就被你的深重覆盖,抒情轻浅,轻易就能逃离自我

现在,重新坐在宽大明亮的窗口,再次凝视雪白的盐
新鲜无比的阳光下,汹涌起波涛,直到我的胸口
植物和花朵走过,少男和少女走过,渴望着的盐
再次汹涌起波涛。我在想,我们还有多少盐可以
 得而复失

在茶卡（四首）

孔占伟（青海）

茶卡的星空

盐粒般的星星
在成堆的晶体里眨眼

湖水煮过的石头
数万年前飞上了天

从天上到地下的咸
如同天地之间泛滥的寂静

它在漆黑的夜里跟随你
闪烁着千里万里的惆怅

谁能把人间的开阔打开
它们也会开口说话

在茶卡

到达茶卡的时候

不知道这里的天高地厚

云朵在盐湖里栖息
湖水在山巅上飘扬

盐湖里满满的诗句
天天温暖着步履和梦想

在茶卡,会听到幸福的心跳
在茶卡,会找到久违的表达

茶卡纪事

茶卡我到过三次
第一次路过的时候
顺手装了一袋子大青盐
用二十多岁的力量背回了家
那些闪烁着光芒的晶体
融合着岁月的咸淡
鼓舞温润的印象

第二次到茶卡
已过了天命之年
为拍到精美的图片
凌晨五点,湖边迎候奇迹

忙碌的奔波

穿梭在赤橙黄绿青蓝紫的风里

还有湖水和天空之间搅和着的

人山人海的游客

每一件都储存在相机里

把沉甸甸的美小心带回

第三次来茶卡

是酝酿了数十年的激情

给茶卡写首优美的抒情诗

身披洁净的阳光

把想象力拓展成满头白发

那一刻的描摹

犹如当年简洁明了的思绪

晶莹剔透的颗粒显现不出倒影

而这些年混沌的思维

怎么也割舍不下难忘的追忆

心底里依旧牵挂二十多岁的人生

以及背回家的那袋大青盐

雪落茶卡

大雪下在了茶卡的夜里

昨夜独特的冷

长成了雪的寓意

是谁收敛了高原仅有的寒风
妹妹的红裙子呢
那是一道闻名天下的风景
此刻是寂静的白

大雪下在了茶卡的盐湖里
盐的味道纯真
天地在吮吸着咸的精华
是谁蕴藏了奔跑的喜讯
相机的快门啊
"咔嚓"连着"咔嚓"的声响
雪地的情景在天外

大雪下在了茶卡的山上
高高在上的沉默
雪的回声干净又纯洁
是谁给了广袤的茶卡一个背影
你就能找到内心的那把盐
伴随雪地瞬间消融

我在茶卡想谁

久美多杰（青海）

我到茶卡的时间
正好是下午六点
太阳在天的西边
发现了青海湖的蓝

我步行前往茶卡
那年停过的路口
看见骆驼和乡愁
想起牧女写的情书

我必须借宿茶卡
翻越眼前的高坡
就到了夏季草场
也许还有一匹青马

我对茶卡不陌生
大地拒绝黑成夜
那些眼睛像翅膀
石乃亥近在左前方

我的茶卡有歌声
传说中的好多事
曾经发生在这里
进入了格萨尔史诗

我觉得茶卡没老
盐在水中白似冰
帐篷后面那只獒
背朝旅人思念同伴

我和茶卡不再远
谁的房门被敲响
睡眠跟着秋雁飞
盐湖知道冬天要来

我在茶卡很想你
不管梦里有几人
体内感冒很孤独
月亮再弯也是圆的

我明日离开茶卡
山上雪花何时开
你若觉得挺幸福
肯定是遇见了拉珍

茶卡：生命之盐（外一首）

鸿　颖（青海）

一个阔大广袤的天池里
你最美的身影爬满时间的铁锈
天空高出自己的境界，也蓝出自己的真诚
然而你又像一面竖起的妆镜
把高处自身的大爱照得清清楚楚
泛着幽兰，接着白云，映着远山

惊诧于盐花的美白和奇巧时
那无从丈量的咸涩都应该属于太阳
绝不是那波涛一样汹涌澎湃的泪水
它代表着单纯，也代表着无畏无惧
奔跑到天涯，也能遗落成一遭热汗
不会掺杂任何忧伤和顾虑
也不像眼泪那样垂直掉落

盐无限于味觉之上，而行走在生命之上
所有人心里，盐显得多么重要
就像切吉滩和塔拉滩
需要雨水永久的滋养

就像雨水能使区域生态平衡和改善环境
盐也能够维持人体渗透压及酸碱平衡

茶卡：那天境之美

几何形状勾勒的盐池
卤水池还有凸起的盐山
布满着一种神秘莫测的窟窿
表面上是一层浅浅的咸水
无数个溶洞下面才是洁白的盐花

这是粒粒盐花汇聚的湖
岸线在天地间回旋出天籁的弧线
映在水面上的倒影勾勒出一幅幅油画
来回奔波在路上我们是时间的盐
一幕幕景象，早被逝去的大风收藏

如说茶卡盐湖是天境
那站在上面的你绝对是风景
阳光下，你张开想象的翅膀
那梅之美貌能倾倒多少文人墨客
穿金戴银的靓丽落寞于野
只有我陪着你摇曳健美的身姿，寒风如歌
动、静都是一种迷人的绽放

盐湖，有我咸咸的纯白（组诗）

林成君（青海）

在茶卡盐湖

没走多少路
没吃多少盐
到这里，思想便成熟了

蓝天有泪
都落在这里
泪有咸涩
都任你品尝

在湖面上照相的红衣女孩说
只有我和它在一起
只会更漂亮

路过茶卡盐湖

某年，我路过盐湖
被镜子照看，被 109 国道刺了一下
诗歌由斯渗出血来

茶卡恰好是它的七寸

我的目光因盐分而停了下来
咸涩的不尽是感动。我仿佛看见

一头白牦牛把一袭红衣
映成了侠女
持一把玄铁剑，指向天空
指向禅意

我步入天空，走出镜子
又回归辽阔。海水的香留下了我

在盐湖

遗落在那里的
都变成了盐，甚至是一只手套一双鞋
融进白色的呼吸
所有思念的身影，岁月的色素
都成了它波涛的一部分
以新的风景
弥补它的创伤，也调剂我们的生活

我们总说酸甜苦辣
却离不开咸

我们既爱它的滋味，也拒绝苦涩
聚集在那里的，咸的是盐
无味的是我们不经琢磨的许多话题
都成了石头，或者沙子
填补语言的荒漠

虚构一场雪

盐湖上，纷纷扬扬掩盖了尘世的咸涩
红巾被阳光拘去，绿波被野草吞下
而你，同样没有了方向
雪欺骗了所有的眼睛

而我一直是存在的啊
那头卧着是舟立着是山的白牦牛

徘徊在青草上

徘徊在青草上
抑制不住花香和甜蜜
索吻的乌兰淖尔如此芬芳
感觉盐湖的爱人在此娉婷

感觉那绿刺痛了脚心
将地脉注入心跳

雪山
在水上轻舞

白牦牛,红衣女孩在水上伫立
经过尝试
咸的爱,是人间至味

徘徊在青草上
嗅觉里留着盐湖的异香
这令我陶醉

茶卡诗笺（组诗）

韩原林（青海）

雪山映湖

在湖岸
你早已是一朵雪莲
说出凡尘的轻薄
和冷

春去秋来，雁去雁归
一重山影几重雪
唯独不变的是山涧滑落的牧歌
划过湖面直抵另一个打开的心池

你是否把惊艳一世的情愫
流泻到云烟里
坠入湖面的不只是我
还有天空和雄鹰

花自开落，雪山依旧
行走湖畔的人

吟出时光里雪山映湖最美的意境
封存在记忆最深处

我还是想回头看看那个名叫莲的女子
涤尽凡尘浮华
以莲的高度驻留雪山，闲对湖月
静听风语

天空之镜

如果天空需要一面镜子
让天空如爱美的人一样梳洗打扮
那么这个地方，一定是在世界的高处

不想踩在镜子上，人却早已在镜子上
你说
有的人会照见自己
有的人还会照见自己的灵魂

通透的世界
你我都在天空的中心绚烂而美丽
像两只蝴蝶
舒展、骄傲、曼舞

你告诉我，每个人都在世界的中心

这里能发现最年轻最纯粹的自己
在澄澈中宁静，在宁静里阅读
在阅读中审视一切美的内涵

聆听吧
你能听到遥远的牧歌来自云朵下帐房边
你能听到很近的天籁源于草芽尖花朵上
你能听到温暖的话语穿过寂静落入心间

如果一袭白衣适合祈祷适合走向远方
那么一袭红裙上演一段红尘凄美之恋
一匹白马前，是孤独终老的你

湖边日出

追逐光影的人
在光与影的流转中静享时光
走过黎明，雪山残月里
朝着轻烟迷离的湖水，剪下
苍穹牧歌里的孤灯
和账房

一粒阳光落在湖面上，也落在
流水般的时光里
开启光影和绚丽夺目的流彩

你知道我会来

在湖光风月中

流淌多年

晨雾里光影流动

牧羊姑娘的脸慢慢绯红圆润

为你描眉画唇，为你歌舞

梦想的旅程里

不论日子变淡，底色泛黄

心中依然是风吹衣衫

白马飞跃

茶卡谣

绿　木（青海）

月光的碎银子
洒满荒凉的戈壁
晶莹的盐粒
升起人间烟火

在茶卡，迎风
起舞的仙女
将舞袂挥动成
天边燃烧的晚霞

一个远道而来的人
跪伏在夜色里愧对苍天
无处不在的造物主
虔诚地扬起风马

他乍暖还寒的
坏脾气已经过去
现在，他只想与你共享
这云影里幻美的
天空之镜

茶卡,一轮夕阳正在西下

李朝晖(青海)

其实,是可以想象的
夕阳乘着时光之舟,正在缓缓驶过盐湖的水面
有传说驮起梦境的开始
在一粒盐的晶莹里,剔透一双双视线
光影踏破虚空
端坐在远方雪山之巅的神佛,颂经声响起
达布逊淖尔渐渐隐入苍茫

此刻,滋味妙不可言
沉浸在茶卡的微风,雕刻记忆之外的寓意
湖水吸纳暗喻
潋滟天空之镜的意象之美

小火车缓缓驶来
有女子以金色的柔光为背景,走进湖水里
舞动红色的纱巾和长长的裙裾
而一轮圆月,正从湖另一端的山顶冉冉升起

天空之镜，以及它的波澜不惊（外一首）

清　香（青海）

你以远古的波澜
换来一面 154 平方千米的魔镜
你有 3059 米的高度
却宁愿匍匐在洁净的草原
以天水相接的低垂
挽着雪山完成一个华丽的转身

我的眸子里
一朵朵洁白的盐花结晶
为了这片洁白
哪怕苦涩的盐碱
我也试着去爱

仿佛，也只有这样
才能一解我的相思之苦

茶　卡

祁连山的雪
在云端打坐

昆仑山的云

在一场大风里重塑金身

天空的蓝

在盐湖里摆渡前世的海

十里之外

牧人与羊群追赶着朵朵芦花

你是戈壁滩上的一面镜子

令戈壁滩风生水起的镜子

照见过汹涌的大海

古道上的驼队

马背上的骑手

和采盐船上的采盐工

茋茋草迎风流泪的时候

你在卧薪尝胆

阳光在一场暴风雪后

抬起头来的时候

你已经温柔似水、热烈似火了

茶卡（外一首）

牧　白（青海）

世界只有平静的水面
当我们用盐填补生活的波纹时
往事便在镜中一一显现了出来

说出过往中沉重的爱
那些带有咸味的离别与期待
似蔚蓝天边，润如珠玉的雪

烈日下的风是无边无际的海
天地在茶卡时刻盛满着孤独的酒杯

茶卡，偌大的蓝

一千头牦牛驮着一个牧人
一千头羊群送来一阵歌声
而被无数个细碎日子缀补起来的茶卡
托举着微微尘世中，偌大的蓝

湖光的蓝，天空的蓝
大地的蓝，生命的蓝

仿佛我们那些说不出口的细碎的春天
和那些在沉默中匍匐的野花

天际下，一列载满旅人的绿皮火车
正在满怀期待驶向茫茫的信笺

我因体验到诗意而快乐起来（组诗）

青木措（青海）

多好！自然这本书

坐车的时候，是需要一扇窗

让云朵、孤鹰以及旷野的风

飞落到专注的目光里

通过多重质地的自然艺术

在繁重许久的胸腔和思想中

交换出生活里徒劳的负面

涤目、静心且自由

像阅览者。

没理由不奔赴。一个生动而闪光的事物

在那里，在草原深处

与静寂里，和深处古老的时光里

再等待我——等待我的生命之间与茶卡盐湖的春天

产生共鸣

多好！自然这本书

在这一次征途中

又会去多读几页。

我的热爱很自然

热爱有多大，你就有多深刻
望见你第一眼后，每一次悸动
即是爱你的模样
这是避无可避的一段命运
静影沉璧
多像我沉稳而冷艳的恋人
让我困陷多少年
无可自拔
亲爱的湖——我的你
我不是我了，但我很幸福
我的心很自然，我的热爱也很自然
看，湖面上说起风就起风了

我因体验到诗意而快乐起来

我无法将热忱起来的眼睛
停歇那么一刻
它也拒绝休憩下来的空洞
我和它因体验到诗意而快乐起来：
晨阳濡染四野
天上地下澄澈如镜
这之间还有自然碎裂的璀璨
如一块绿色瓷片

如星辰，散布在低矮山峦的地平线当中
我不知道自然还有多伟大：此刻我歌颂她
驻足、凝望
我拜谒这一隅天地
最后，我的一颗玻璃心
反刍平凡又不甘平凡的命运

在辽阔的白纸上

我在我的诗歌里，留着一隅之地
根植一尊记忆中原封不动的风景
写某一种天蓝地绿和四野苍茫
写一段不知从哪儿开始的历史
写一世鞠躬尽瘁的使命
用丝质的语言，在纸张上说出挚爱的事物——我起初是这样
　　想的
看到的瞬间，我的思想逾越了
我更想将这份炽热的爱传递给梵高
希望他用一支画笔
精细踟蹰，然后慢慢画来
一寸一寸勾画你清隽的骨骼
描摹绿色的肌理和皮肤
在多重的线条和色泽里。替我画下
我的颂词以及久久想抒情的过往
无论是何种形式，像一个文艺的塑造者

表达对湖的爱意

树立歌颂你品质的宿命

如一片绿洲

云朵散开，你亮出翡翠色的胸膛

如一片绿洲，在旷野之中

迎接我、接纳我还没有

学会抑制感情的双脚

还有快要干涸的双眼

欢欣和自由，此刻

填满我的腿和胳膊

情感又从我的思想里喷薄而出

我的时间被一片蓝和一抹绿带走

我是甘心情愿着的一名囚徒。

哪怕只剩盐迹斑驳的脚印

无用、清澈地留在尘世之外

而我的人已在绿洲内部

茶卡，我蓝色的梦（外二首）

央　金（青海）

推开六月的门扉
在祁连和昆仑的对视中
涌入北纬 36 度的怀抱
驻足茶卡镇盐湖路 9 号
打开 108 号房间编织一场蓝色的梦
废弃的铁轨向前、再向前
盘坐于万丈盐桥
绽放在天际的神奇盐花啊
俯身与盐湖轻吻
那是采盐工的双脚浸泡在卤水的工艺品
那是锈迹斑驳的采盐船日夜打捞的杰作
如此单纯、清澈、洁净、广大而沉醉
风途经盐湖广场的经幡
今夜，我在茶卡
一滴泪划过
沉入梦幻的蓝色湖底

在茶卡

随喜穆瑶洛桑玛守望的盐湖
烈日下,我报以敬仰、虔诚
万般拒绝一双脱离红尘的脚镣

对话盐湖
咸的泪,苦的结晶
光与影的错综和内心的忐忑
恰似 2.4 亿年前撼天动地的碰撞

落幕盐湖
你在镜中的一再挽留,以及
夕阳下的等候
留下天际间我舞动的弦子
和被错过的璀璨星辰

底 片

迎来第一缕曙光
盐湖苏醒
梳洗游人们的疲惫

盛一碗盐花敬巴里登拉姆女神
请将乌云封锁在夏日的密码箱中
让时光保留最初的味觉
调制出余生幸福的滋味

记忆底片中的宿命复活
声声呼麦注满盐湖
我在你身旁始终醒着
当我察觉自己真情流露
却被你清澈的目光一眼望穿

在茶卡看落日

李宝花（青海）

就算是盛夏，黄昏也含凉
烈日后，只有风能读懂盐海之滨的寂寥
寂寥的，还有午后昆仑山凹的落雪
因为落雨落雪，成吉思汗的子民们便收马回帐
坐着小火车回到星空帐房的人，期待下一次打马过
　　茶卡

呼麦还在草原回旋，震荡着那个叫作"天空壹号"
　　的湖面
我不断地回头，达布逊淖尔也不断回头

注定这是我的黄昏，落日在湖中定下另一个命题
拍落日的旅人说，起风的湖面落日太过虚妄
而哪一束光芒里没有人间的斟酌？

解析哪里的落日，就要从本土的朝阳开始
现在，夕阳要为茶卡填满金色的盐粒

茶卡，盐的世界（外一首）

武　奎（青海）

把童话结晶成天空之镜

故事萦绕了千年

与雪山相望相守

卤水里结晶，曾经的心

倒映蓝天的澄明

结晶的盐层

覆盖一千个美女的梦

雪山圣湖的祝愿在蓝天白云下铺开

质朴的小火车

在盐做的路基上通往湖心

把工业文明的画卷

抒写，女游客赤脚

在卤水结晶的盐湖上

用火红的丝巾

与蓝天白云

晶莹盐粒

勾画美轮美奂

也许圆了千年的美梦

我静静聆听

达布逊淖尔的风声

也思念玻利维亚乌尤尼盐沼的圣洁

自然，把一份份圣洁

馈赠给人类

也把幸福赐予了人类

盐的世界，咸的韵味

当记忆走进盐的世界

咸，洒满心间

当卤水结晶，构成厚厚的盐层

我在思索，世间没有愈合不了的伤口

我赤脚走在浅浅的卤水里

踩着结晶的盐层

当光与水与盐的共同作用下

投射蓝天，投射白云

投射出一个幸福的自己

不想打破这份宁静

这份和谐

忘却自己，忘却世界

忘却存在

在晶莹的盐的世界里

醉心体味咸的韵味

茶卡的颜色

破　石（青海）

青稞很有礼貌且饱满地低着头
我给一位发问的陌客点头这就是青稞
高寒地区才生长也即独属高原的青稞

早秋的祁连依然郁郁葱葱
晨光下云雾缭绕的卓尔山
在一场秋雨之后显得更加冰清玉洁

我以似是故乡人又是他乡客的双重身份
一路回望茶卡依然在的颜色
脑海中蒙太奇一样陶醉闪现

说是西夏王国的烽火台
我肯定要登上去
即使老化的关节一阵隐痛
但我的心依旧向往高处

守堡的士兵换成拥挤的南腔北调
一声声不知为谁而生的呼叫
在清晨的卓尔山山顶交织回响

旅游的指标清晰呈现
往东，是大唐
往西，你可以入藏也可以进疆——

生态是没被破坏的
因此，即便是入秋后的青海
依然大敞热烈的怀抱
包容你的到来：

拥抱青海，你就纯了
走出茶卡，你就红了——

天空之镜

马相平（青海）

白色的、红色的、翠色的鸟鸣化作斑斓的涟漪
水波温柔。当船划开湖面向深腹驶去的时候
山水人早已在倒影里热烈重逢
而万物于浩渺的光圈里熨帖地共振
有情人在镜中沽酒敬黎明
目光与红尘尽欢而散

地载清明。漫无边际的蓝
掬捧牦牛和它的灵魂贴近唇角
清浅的光让神灵无所不在
将高处和低处融为一体
正如此刻，一粒盐
内心是安静的
像炊烟笼住安眠的羊群

我崇拜着的，骄傲着的，执著着的
正不断被岁月眷顾并一次次抬升出浩荡和通透
在辽阔里放歌、奔跑、驰骋
握紧所有的萍水相逢和怦然心动
阳光下，流水的韵正和着大湖之潮

有云升起,光阴由净至镜
一只鹰浮空而来
像自由的风

镜　湖

马　穆（青海）

天空之镜
盐湖独有的姿色
离天空最近的地方

只身在镜湖徜徉
云在湖中迷离
心在景中荡漾

盛开的盐晶花
仿佛从月亮上走来
陪伴孤独的旅人

峨博经幡
向着湖心的方向
送去美好的祝福

倚着木屋
双手采撷一缕夕阳
沉醉在落日之下

这一生
一定要来一趟这里
找寻最真的自己

茶卡之恋

李元录（青海）

五月，走一趟茶卡
了却一睹天空之镜的夙愿
身后的海东，柳枝婀娜桃花妩媚
眼前的西海草原，浅浅的绿还在枯草丛中躲躲藏藏

清晨，湟水谷地细雨绵绵
那是慈祥的母亲为我净身
只为世俗的污浊不致亵渎茶卡
中午，西海草原白雪皑皑
那是高原赏赐的千里画卷
只为用雪的纯洁燃尽凡人内心的卑劣

近了，更近了
盐湖就在眼前，静谧是她吹奏的一支无声羌笛
穆瑶洛桑玛女神，我不由呼出了您的芳名
您的灵魂分明在湖中沉思
您把闺房安置在草原腹地
唤来莽莽祁连巍巍昆仑守护

您定见过神秘的西王母，和手下围着兽皮裙的妙龄女孩

长发披肩，用纤纤玉手捧起青色的盐粒
您亦见过操青蛇持赤龙的炎帝，目光慈祥
他的子民们顶着炎炎烈日，从卤水中析出咸咸的晶体

沉思的女神，今天的您
是否会追忆起丝绸之路上千里迢迢赶来的驼队
记忆深处是否还会响起茶马古道上马帮的铃铛声
是否记得一茬又一茬赶着牦牛掏盐的草原人
还有他们煨起的大桑，跪拜的身姿

乌云飘过，镜面失色
沉思的女神，那是您为昨天忧伤么
战火纷飞，您一次又一次被胜者掳掠
王朝更迭，迈过前朝的血雨又陷入新朝的腥风
只因您有与土壤、粮食同样重要的珍宝
注定了即使藏在西北一隅亦无法幸免宰割

艳阳高悬，镜面耀辉
沉思的女神，这是您对光明的讴歌么
把蓝天纳入胸怀，摘几朵白云相衬
招呼雪山、草地、羊群、雄鹰……
把天地与万物一齐招呼过来
雄性的草原沉醉在您特别的温柔里

美丽的盐湖,沉思的女神
让我靠近您沉思的灵魂里
喜您所喜,悲您所悲
我为您永恒的纯洁而痴迷

再次相逢定会在一个夕阳西下的血色黄昏
您拽我入湖,我拥您入心
一起看夕阳坠入湖中
一道品月亮、星星都升上天空再坠入湖中
静静地等待百兽围着我们跪舔咸咸的生命之露

再次离别定会在一个朝阳初升的早晨
我远远地注视着您,仍是痴迷满目
您的羞涩似火,胜却朝霞
俯身捧起一把洁白中带有红晕的盐粒
草原和雪山正在吹奏一曲离别的笙歌

一家人的茶卡盐湖

李积程（青海）

一把盐，一勺盐
让美味佳肴成真
让粗茶淡饭有滋有味

一湖一山的盐
造就天空之镜
透亮所有过客的心

小心翼翼走进湖中
体察盐的质地
不一定说出盐的痛或者快乐

走时要带点盐回家
你带走那么多盐干啥
咸是生活的另一种味道

女儿在湖中留连忘返
她能不能自由自在地在空中飞翔
晶莹剔透的盐
看她能吃多少

爱人在湖中行走
她说脚踩着厚重的盐
才让人心有种踏实的感觉

热情的阳光告诉我
不要忘记
曾经品尝过
青盐的滋味

茶　卡

更求金巴（青海）

无风的季节
只闻见花朵的露珠
久违，我父亲的那头
行走在雪山上的白牦牛啊

饥渴，使我总会想起
那年的冷冻
如饿狼般汹涌的四肢
扑倒在柴达木干枯的肌肤上
公羊换了盐
阿爸和棕牦牛背了两袋盐
赶风踏水

在茶卡的土地上
与四月的天空里
地下有死去的羊骨
空气间父辈的魂在闪动
风已吹绿了羊骨
也许　千层的冰片盖住了

茶卡，是你忘了我的盐歌

曾让孤寂

弄懂一首没有曲谱

懒散如随意花开的春日之歌

爷爷

祭拜了山水

一把盐

紧为泪水供奉

父亲

追赶了日月

两袋盐

一袋留给了我

另一袋在未出世的孙儿的肩上

茶卡，茶卡

我的灵魂栖息的圣湖

茶卡盐湖的颜色

张晓梦（青海）

1

她的早晨花火一样红
一把千年的利刃穿过黎明
这一天又是新的。是的
一切都能重来
一切为时不晚

2

仿佛是寥寥数笔
血色浪漫完成了自己的使命
湖面碧绿平静
一块块翡翠洒落人间
不忍触摸
也不愿据为己有
如此的坦然

3

这是一个难得的晴天
瓦蓝的天与宝蓝的湖分不清上下
若不是远处的昆仑山脉作界。
再没有比此刻更明亮的天空
再没有比此刻更纯净的水面
从前的眼泪,无不论揪心还是欢畅
都一股脑流下来吧
与湖水融为一体

4

她也把这个傍晚留给了用心良苦的人
流彩的夕阳把云和湖照得金灿灿的
一道道佛光笼盖四野
是黄,是褐,是棕,是橙
为零零星星的他们带来吉祥如意
柔暖了内心

5

云朵不时调皮地掠过太阳的午后
盐湖霎时变身烟雨的江南
只此青绿的绵柔抵挡了炎热

瞬间又化作紫霞仙子
摇动爱情的小船
划向湖心深处

6

风雨终究还是要来的
黑灰色的乌云飞驰而来
就在你的眼前翻滚
天空与大地，躯体与灵魂
在最至暗的时刻交融
摆布了最深刻的哲理

7

她的夜晚是漆黑的
把光明留给了星与银河
我躺在湖边的草原上
与湖上的夜空相对无言。
这比难忘的家乡更难忘的难忘，
比辉煌的城市更辉煌的辉煌！

8

长夜有了流星。不再漫长，杂乱
她那质而不野的白
从每一块盐根，每一粒盐，每一个盐分子
渗透到每个人的心底
目光如炬，不惹一丝尘埃

茶卡，我恋的那一片白

咏　梅（青海）

留一片戈壁
推开天空，足下是晶莹剔透的盐田
站在红尘，扬一把柴达木的颗粒盐
脚踩盐池，燃一炉岁月尘烟煮半世辛酸

谁的泪，谁的汗
结晶成千年盐城
为你雕下那一世的风流华年
谁的相思成碱，诗词入扇
摧开了
戈壁滩上耀眼的刺果红妍

片片芦苇荡漾，摇曳天地间天蓝云白，雪山倒映
我独醉纯粹的白
留恋天空之镜的纯洁与缠绵
整个世界独留一片水墨丹青

雪白的云，雪白的盐
倒映前世的隔世红颜
临水梳妆，红衣白马的女子回眸嫣然一笑

站在天空之镜，舞一曲霓裳羽衣
千古爱恨，长袖飞翩
鹰飞过，谁吹起羌笛，划过父辈的痛
远处的雪山纷纷落白
茶卡，我恋的那一片白哟……

在茶卡,遇见最美的自己

李兰花(青海)

西部的雪山草地间
镶嵌着一面蓝色的镜湖
如一片飘着白云的蓝天掉在了这里
湖面上,云朵与盐花共绽放

这是一片纯洁的世界
这是一个全新视觉的开始
冬与夏,在这里瞬间交替
让我在冬日的场景里遇到夏时的自己

我以天为幕,以湖为镜
凉爽的风中定格美丽的倩影
扬起手中的薄纱
长裙飘曳时,忘记城市的匆忙

带着咸味的空气里
有蓝色的流苏飘过
目光触及天际多样的景色
心在这里洒脱,情感随盐波奔向远方

第三辑 雪山圣湖的故事
——外地诗人眼中的茶卡

茶卡盐湖摄影作品选·费振宇

茶卡盐湖摄影作品选·马　翔

茶卡盐湖摄影作品选·王生荣

茶卡盐湖

胡　澄（浙江）

盐擦洗过镜子
顺手把天空也擦洗了
擦洗天空的白丝巾
晾在空中
蓝和白组成的寥廓
鸟在落霞中飞过
抬眼望时
我的眼也被擦洗了一下
低头照见鬓丝如盐
含垢的心多么愿意
浸在水中
使劲地擦洗
如一口陶罐，被擦得锃亮

茶卡盐湖（外一首）

雪　鹰（浙江）

天空没有飞鸟
水中没有鱼虾

天空之镜，聚焦了
高纯度的蓝，它用这个
生命的颜色，湮灭了
所有生命。而天
纯粹得千古的蓝
早已嵌入追求纯粹的
灵魂里

这些灵魂作证
有时候，死亡也如此壮丽

羊　群

它们总是统一姿势
低头吃草，低头吃草，低头吃草

我不知这些羊，为什么
总也吃不饱，总也不会
奔跑，嬉戏，追逐，甚至
恋爱或抵架。这么多羊
如默片上，我的父兄

在劳作，没有说累
说饿，没有喜怒哀乐

茶卡的盐

胡理勇（浙江）

没去茶卡盐湖，不知道盐有
黑色，红色，黄色，绿色，蓝色……

青海的蓝天很蓝，看见了想哭
青海的白云很白，让人想起绢和帛
青海的风很甜，似乎加了蜜
青海有茶卡盐湖，有的是盐
把什么都腌制一下，就可保鲜

由此我想到，我们的幸福是稀缺物
要将它腌制。在我们特别痛苦的时候
拿出来品尝一下

我们的脸上阴多晴少。把微笑
腌制起来。需要边哭边笑的时候
就把笑拿出来，掩饰不幸

茶卡盐湖（外一首）

赵克红（河南）

真是上天眷顾
一片片飘着白云的蓝天
在茶卡盐湖上落户
那湛蓝的天空
洁白的云朵
与晶莹的盐花
一同携手，将这里
装扮得如梦似幻，晶莹剔透

湖水里有飞鸟掠过
也有白云朵朵
还有挂在天上的
湖光和山色
我多想在这里打捞一片云彩
没想到一低头
那些细致的柔软已装满肺腑

茶卡盐湖把天空揽入怀中
我用这里的纯洁
擦拭染尘的心灵

盐湖离天空最近

我以天为幕，以湖为镜

用心感受秀美与空灵

情，在盐的光影里升华

心，在清澈的盐湖中觉醒

天空之镜

从千里之外

慕名而来，只为一睹

你的芳容

远远地，我看到晶莹剔透的你

天地间，一面

偌大的明镜

这就是天空之镜了

远道而来的人们

在你敞开的怀抱里

收获了惊讶与开心

人们在湖面上

行走或是站立

更多的游人忘乎所以

蓝天，以及蓝天上的云朵
被你复制在湖面
俯身，我捧起晶莹的盐粒
那是你几亿年修炼而成
在你的澄澈面前
我显得丑陋和贫穷
狭隘与自私

这里，也许留不下我的痕迹
而我已来过
你使我明白了
做人，要澄澈清明
保持最初的那份纯洁

在茶卡盐湖

蒋兴刚（浙江）

我是那只飞入盐湖的黑鸟吗
在去往大海的路上

苍山如铁。我是那只看到高原高举
日月星汉奔涌向前的眼睛吗

高原深处，我曾泪流满面
我跪拜那些稍纵即逝的事物，领受
神赐予我的——

茶卡盐湖：蓝色的瞳孔
布满星辰

冬日在茶卡盐湖看云

官白云（辽宁）

湖水浮起云朵，一只只小白鸟
在一大片蓝中若隐若现
我变换着一切能想到的词召唤
它们的翅膀

冬日的茶卡盐湖站满红男绿女
以异乡人的装扮从一段水到另一段水
没有任何冰被太阳追回
那壮丽的碎裂充满咸的艺术

那声咳嗽，伸手可触
转身的时候，空气在飞
尘世的哲学与美学
一点点缩小于天空之镜

在茶卡盐湖仰望天空

杨启刚（贵州）

千里迢迢的奔赴，没有刻意流淌的汗水在疾驰。
天空之镜是不是一种巨大的诱惑？大青盐又是不是前世的盐的父亲？
三千年前的盐和今天的盐，又有什么区别？那时月色的清辉，仍然照在今人的头上。

我只知道，我无法用苍白的赞美，来换取一粒盐鲜活的生命。
即使浑身颠簸得筋骨酸疼，那也仅仅只是一种疲惫的外伤。
它需要色彩绚丽的疗程，来作为前世的补给与修行。

青海，海西蒙古族藏族自治州，乌兰县，茶卡镇盐湖路9号，这是我此行的目的地。别无它意。
我在盐池嗅到了人间况味，它是如此得真实与虚幻。触手可及又仿佛梦魇缠身。

水与空气，盐与蓝天，到处弥漫着盐生动腥潮的气息。
我并没有雀跃，也没有像黄羚羊一样狂奔，尽量地压制着内心深处的狂喜。

我生怕心头贮藏已久的那粒盐，化为这个不忍离去的诺言。
远处的红裙子飞舞起来，多么像盐涅槃之后火焰的悸动。

白茫茫的盐池里，斑驳的湖水与广袤的天空融为一体。
我的视野已经穷尽水天一色，天空高远，云朵飞翔。
一场轮流上映的童话，为风尘仆仆的客人换装启幕。
人世间美好的景致，也不过如此。

大美茶卡（组诗）

无定河（陕西）

天空之镜

在高原晴朗的时候
蓝天的白云落到茶卡里

就可以看到
茶卡是蓝天，蓝天是茶卡
云是蓝天的盐，盐是茶卡的云

在茶卡女神穆瑶洛桑玛的微笑中
就可以明白
什么是你中有我，我中有你

如同生命不可或缺的盐
如同人世间不可或缺的爱和梦……

彩虹之镜

一生中有很多的等
等炊烟的升起，等麦苗的拔节

等高考的通知书，等下课的铃声
等一个名字能刻在心里

等一双可以紧紧握着的双手
等产房传出婴儿响亮的啼哭声

在茶卡，静静地等一场太阳雨
等雨过天晴，一条彩虹跨越盐湖

有一种美是等
有一种等，是可以相依的心跳……

日出之镜

领略茶卡日出
生命就拥有一种庄严之美

净化心灵的阳光
可以攥紧饥饿，做完作业
穿着劳动布工作服
拧紧塔机的一颗颗螺丝钉

那么多的日子，从黎明开始
升起蓬勃的朝阳，像我们致敬的青春
走向命运赋予自己的时代

汗水、泪水一如这茶卡

生活就是这样的
日出日落,日落日出……

雪山之镜

完颜通布山、旺尕秀山、鄂拉山、赛尔钦日吉山
投影在蔚蓝色湖水
成为最空灵的浪漫主义诗歌

一读再读,就知道远和近
从不会是绝对的距离
如同心思与心思,可以相融一起

茶卡是藏语,达布逊淖尔是蒙语
语意为青盐之海
也只有大海能容纳高山
真有一面镜子,能照出彼此的灵魂……

一粒盐（外一首）

王志彦（山西）

在茶卡盐湖，夕阳落入盐的体内
万顷大海如灰鹤一样，在尽头隐没
只有一粒粒盐，在剔透的茶卡盆地燃烧自己

风吹昆仑，青藏高原为一只鹰加冕
一粒盐，气若幽兰。送来柴达木盆地的银器
也开辟了生命之源如天空之镜澄明

在茶卡盐湖，为一粒盐祈祷
已是我灵魂最后的坚守，面对晶莹的粮食
我低下头，羞于说出人间的轻浮

茶卡盐湖

从完整的事物中分离出
另一种完整，在棱角上再添一些陡峭

五味杂陈，随时隐身
又无处不在。像兽骨上的符号

是一个存在的实体，又是某种
虚无，滞留在人间深处

当我们深陷生活的沸水中
一粒盐，终会被北风中顾盼的泪水溶解开

一种隐喻打碎了它遐思的器皿
也许正是我们结束挖掘的遗址

茶卡盐湖,最后的圣地

王　晓(重庆)

从冷冽千年的雪山走到湖泊
像一只迷路的飞鸟 闯进神明的居所
轻烟袅袅 降下无尽澄澈
在这里,天空与大地没有了界限
风也在湖面上迷失了方向
偶尔荡起涟漪,然后褶皱整个天空

一只鸟儿飞走和一群鸟儿飞来
没有什么区别,茶卡盐湖依旧在这里
守护着雪山下神明最后的居所
它是卓玛背后那一头纯洁的头发
被风吹向天空,然后落下
成为她耳垂散落的银饰,眼角哀怜的泪花
我拾起一粒,再拾起一粒
用来向这片纯净之境祈祷
茶卡盐湖,守护这片最后的圣地

天空之镜（外二首）

范庆奇（云南）

茶卡，天空之镜
它是流淌在高原的一面移动的镜子
冬天未至，雪已经堆满湖泊
透过湖面折射出一朵格桑花的模样
我低头寻找更多的花朵
等待下一个春天到来
不要急切，要等
等那些多年以前的石头开口说话
你要相信
石头把自己打磨成沙子
化作湖里的一粒，永久地活着

青稞成熟之际

大片青稞已经成熟，麻雀潜入地里偷食
草扎的人偶失去效用
活着大于一切

捡起石子，本想吓走麻雀
大叔说，让它们吃吧

立秋之后，它们就会饿死

啄食青稞的麻雀，它们很胆小
生怕有人投来石子，或是设下陷阱
而今天，它们遇见了我
一个生活在人世同样胆小的人
前方就是茶卡盐湖，湖里藏着无数把刀子
划疼了胆小的麻雀

低微之处

月亮下的草原，无须叙述
我们围坐，不谈论凡尘俗世
只赏月听风

侧耳，草原的晚上
有无数的物种在生长
土拨鼠探头探脑，野草出土拔节
羊羔离开母体，奔向广阔的大地

我们以这个夜晚起誓，尘埃终将落定
奇怪的声音，稀释在草原的每一个角落
把焦灼深深埋葬，风过的时候轻一些

心之所向，茶卡（组诗）

青　海（山西）

茶卡盐湖

"湖是望向大地的窗口"
一个诗人立在湖水的中央
他爱朴素的事物
比如溶解的盐根的纯白
暮色中
铺满晚霞的水域
也爱顷刻间升起的
繁华星辰的倒影

茶卡盐湖的铁轨

蓝天，白云，湖水，雪山，草原
　　牛羊，飞鸟……
宛如一幅油画，挂在了乌兰县茶卡镇

天堂，在最美的地方
一条直直的铁轨
犹如一道窄门，留在了湖中央

心之所向

心之所向,远远超过脚步之所向
茶卡盐湖,我心中的爱人
每一滴水,都是他的肉身
每一粒盐,都是他的灵魂
活着,我的智慧,皆在汲取他的养分
水天一色,死后
这首诗,碑文一样
立于天空之上

无　限

心中念着什么,就会爱上什么
比如
茶卡盐湖

一粒盐,一宇宙
这面湖
折叠起来
就是天空

能藏下一个人的欢喜,也一定
会藏下一个人的忧伤

如果我出现在这里
那是因为爱

如果我忧伤
那是因为爱到了极致

茶卡落日

只有这雪一样的白,才配得上这琥珀般的红

落日,宛如老虎的眼泪
难道仅仅因为不想别离,它才保持了最后的完整?

茶卡盐湖

赵应军(甘肃)

在青海湖邂逅了深邃的蓝
在茶卡我又寻找圣洁的白
茶卡是一个白色的梦
盐湖是一朵圣洁的雪莲
高原是坠落人间的仙女
茶卡是围在脖颈的项链

茶卡的盐不只是一日三餐
它还是追梦者眼中的奇观
踩在茶卡瓷实的盐上
梦想就有了踏实的行杖
盐是咸的
有盐的生活是甜的

遇见茶卡

陈佳丽（河南）

我们应该早点相遇的，
我已是满身的伤痕了。

西北的狂风，干燥，
我的手开始有裂纹了。
远处，天水之间的群山冷峻，
我的心，也跟着寒凉。

游人如织，
我如何在人海中与你亲近距离？
掬一捧盐水，
还是拾起一颗结晶，
为此，
迟疑。

风吹乱了云，
摇曳的一湖的清凉，
湖面上还是映出了红裙姑娘的笑颜。
我低头看你时，
也看见了她们。

我还静坐在湖边，
脚在结痂。
我们应该早点相遇的。
我的泪就可以留在这里，
让蓝色的天空与湖水消融泪水，
甚至可以变得晶莹。
不再有泪水，
就可以和她们一样尽情地笑。
我欢快的身影，
也会在这湖面的镜子里。

有盐有味的生活，
是日常动人的细节。
酸甜苦辣咸，
都一一尝过。
生活最不缺的是咸，
最不能离的是盐。
我们该早点相遇的。
如果早尝过湖边青盐冰淇淋，
眼泪会不会变得不那么咸了？

夏天的咸味湖，
晚风吹过，
回程小火车悠悠地摇着。
一路走来的荆棘，不觉痛苦，

在湖上的瑟缩时刻，
才感受到了生命的擦伤。

我们应该早点相遇的。
咸味湖的澄澈里，
在天空之镜，
照见了那个曾经勇敢的自己。

愿我们的下一次相遇，
我依然勇敢，
但我可以走近你，
再次审视我自己。

茶卡盐湖（组诗）

彭建功（甘肃）

兄 弟

在茶卡，雪和盐是兄弟

在乌兰，茶卡和达布逊淖尔是兄弟

在高原，喜马拉雅山，祁连山和昆仑山是兄弟

在古道，茶和盐是兄弟

茶卡盐湖

池盐，连着雪山

湛蓝的湖水，浮着白云

我踩着盐，踩着雪，踏着云

不小心，从一朵云滑到了另一朵云

泪是盐的引子

在茶卡，我建一个云加工厂

粉碎，产品有雪，有盐

添加我风干的泪，眼是一汪湛蓝的湖

盐与金是怎样炼成的

真金，在炼火中诞生
池盐，在湖水里修行
理工冶金毕业的儿子，在茶卡游玩之后
就去了镍都参加工作，他的人生是一场冶炼

茶卡的云

颜德义（江苏）

我怎么能决定一朵云的命运
而云
却驻进了我的灵魂

我在盐湖的倒影里
探寻云的秘密
我在茶卡的云朵里
倾听盐湖的声音

一阵风吹来
天空的云
盐湖的云
一起破碎
我还在傻傻地相信
云的美丽

天渐渐黑了下来

云渐渐垂下身姿

总有几粒星星

将星光洒进我的目光

这个夜晚

就让我沉醉在盐湖的云朵里

茶 卡

张沐兴（湖南）

茶卡，将天空分为两份
一半用来仰望
另一半用来触摸

远的部分，装下云朵，飞翔
愿望的光
近的部分，寄存必需的坚守
苦涩世界的柔软倒影
苍凉中的纯净，悲伤里的平静

每一天都预先赞美一遍
把掠走视同施予，让归来验证离去
从苦难中提取细碎的盐分
让不真实，不可信，不坚定
因时光短暂而获得宽解

看到心中缩聚版天空的人
必定阅尽沧桑，将经历的屈辱
轻轻放下

茶卡的风，吹动孤独与忧虑
吹不动的，只有盲目而执着的爱
与懂得羞愧的灵魂

心,梦和天空

朱荣伟(浙江)

在肉身还没抵达之前
心,已经穿透浅薄的明澈
嵌入湖底深情无瑕的咸涩之中
梦,追随完颜通布雪山的风
掠过旺尕秀山,萦绕在
至净的蓝天,偷窥
月亮和星星永恒的约会

与茶卡对视在一个黄昏
晚霞布施整片蓝天的热情
羡慕一片湖的洁白,溜进来
盐湖顿然泛起红晕,心跳加速
红衣女子幸福的笑声荡在湖面
张开双臂的镜像,清晰倒映着
仰视霞光蓝天,悬浮着无数双眼

一颗斗大的心安放湖面
那辆列车停站后再也没走
过往的人丢失的情愫融进盐湖
蒸腾的雾气飘飞于纯净蓝天
我也将心将梦留给了茶卡之镜

告别茶卡盐湖（外一首）

陈于晓（浙江）

可以将一朵一朵的白云
幻作茶卡盐湖的
一尾一尾游鱼么
天空的白云和雪山的雪
沉积在湖水中
具有一样的盐的质地

在广袤的安静的，甚至带一些
落寞的盐湖，总觉得
是盐湖女神，在引领着我们
走向一种虚空，或者是梦境
盐所制造的幻
收藏着所有光阴里
那些未曾带走的影子

此刻，除了风声，一切
都不再响动，原来呼吸
也可以如此平静
你确定这一切都是真实的么
盐，以及被盐所虚构的事物

倘若没有潮汐
我就在心上制造潮汐

我相信，这茶卡盐湖中
还藏着另一座茶卡盐湖
而我就是从这另一座湖中走来的
我发现盐湖在分娩出无数的
盐湖，像时间一般无止无尽
而茶卡的时间，其实是静止的

也许，我是在盐湖女神的眸子中
观看茶卡盐湖的
这空旷的天与地，被盐支撑着
蓝印花布一般地柔软

辽　阔

所有的事物，都存在于时间里
却又反复地呈现
比如，茶卡盐湖的朝晖和夕阳
以及盐，一遍遍地
将天空擦拭与浸润

湖水和天空，用巨大的辽阔
组合在一起，像虚幻与真实

我所虚构的一只鹰
在苍茫中往来，消失又重现
但盐湖从不沧桑，大凡透明的
事物，都是不沧桑的

在茶卡盐湖，我终将慢慢地
读懂天底下，所有的影子
都将回归于真实。而雪山
不过是一截固态的盐湖
而茶卡盐湖，也不过
是一汪液态的雪山

在暮色笼罩中，茶卡盐湖
将化作梦里的苍穹，诠释
某一种时空的存在与不存在
此时，天与地，湖与人
都将在镜中起居，穿梭在有无之间
而镜里镜外，依然都是镜子

茶卡盐湖

华金余（浙江）

世界只剩下两种色彩，白与蓝
就像人世只有两件重要的事，爱与被爱
就像生命其实就是一呼一吸
你来与不来，美，一直都在

所有多余的思绪，都被冰凉的风吹走了
回到了最初来到这个世上的样子
阳光的无拘无束轻轻打在身上
湖水如镜，清晰映照出无边的如痴如醉

将壮志与忧伤丢在湖里吧
此刻，只想做一个无所事事的闲人
在茶卡盐湖这个下午的明媚里
只想模仿盐，静静变成一粒白色的结晶体

哐当哐当小火车将惊叹载来,将不舍运走
所有的喧闹与缤纷都是过客
我满足
有一刻,风的自由,与阳光的辽阔抱过我

"中国最美诗空间"揭牌仪式
暨第三届茶卡盐湖诗会活动组织机构

主办单位

中国诗歌学会

青海省作家协会

青海西矿文化旅游有限公司

承办单位

青海茶卡盐湖文化旅游发展股份有限公司

协办单位

青海省企业联合会

青海省企业家协会

媒体支持

人民日报社、新华通讯社、中央广播电视总台、光明日报社、中国新闻社、新华网、人民网、央广网、光明网、中新网、青海日报社、青海广播电视台、青海新闻网、西海都市报、西宁晚报、西宁广播电视台

"中国最美诗空间"揭牌仪式暨第三届茶卡盐湖诗会活动

照片集锦

中国诗歌学会党支部书记兼秘书长王山讲话

西部矿业集团有限公司党委委员、副总裁陈鼎致辞

中国诗歌学会副秘书长雁西宣读创建"中国最美诗空间"文件

青海省作协副主席、青海省企业联合会秘书长杨廷成致辞

茶卡盐湖"中国最美诗空间"揭幕仪式

全国20多位知名作家、诗人齐聚茶卡盐湖景区

鲁迅文学奖获得者车延高朗诵精彩诗篇

青海省作家协会副主席曹有云朗诵精彩文章

中国诗歌学会社会活动部主任马文秀
朗诵《与茶卡盐湖对望》

诗会活动精彩瞬间

诗人杨森君签赠书籍

诗人车延高签赠书籍

诗人牛庆国书法创作

诗人雁西书法创作

诗人吴少东书法创作

书法创作现场

227

在盐湖博物馆采风

在盐湖上采风游览

暮色里的茶卡美景

走进最美诗空间　共享诗歌与远方

——"中国最美诗空间"揭牌仪式暨第三届茶卡盐湖诗会纪实

央　金

有人说，如果要选一个与诗歌相遇的地方，青海是最适合不过的了，被《国家旅游地理杂志》评为"人一生要去的55个地方"之一的青海茶卡盐湖，更是诗人们的精神高地和创作胜地。六月的茶卡"蓝天雪岭映明湖，牧草如茵羊似珠，日照银波动诗砚，盐涛滚滚物华殊"，一场诗歌盛宴在"天空之镜"拉开序幕……

以文塑旅，打造中国最美诗空间

茶卡盐湖位于青海省海西蒙古族藏族自治州乌兰县茶卡镇，已有上千年的盐业开采史，它是大青盐的核心产地。这片夹在祁连山支脉完颜通布山和昆仑山支脉旺尕秀山之间的天然盐湖，至今保留着二十世纪五六十年代采盐的遗址和文化，在《汉书》《晋书》《隋书》《本草纲目》中多有记载，据清朝乾隆年间西北名臣杨应琚在《西宁府新志》中说："在县治西，五百余里，青海西南……周围有二百数十里，盐系天成，取之不尽。"可见茶卡盐湖历史悠久，文化底蕴深厚。

每年 6 至 8 月份，当您走进茶卡，畅游在盐湖，倘若恰逢晴好天气，就可以完全沉醉于水天一色、盐湖与雪峰交相辉映的独特自然风光里。如果说白天的盐湖是你不小心闯进了宫崎骏的动漫世界，那么夕阳之下的盐湖则被温柔地罩上了一层金纱。顿时，一个静谧而壮观的世界就呈现在眼前，美得无须用过多的语言表达。随手按下快门拍上几张照片，每一张都是诗人眼里醉着的"远方"。夜晚漫步于茶卡盐湖，你会发现，这里绝对是一个不可多得的观星胜地，银河倒映湖中，从头顶一直延伸地平线，浩渺的星空仿佛触手可及。茶卡盐湖完全可以同玻利维亚乌尤尼盐湖相媲美，不愧是中国的天空之镜。

党的二十大报告明确指出，坚持"以文塑旅、以旅彰文"，推进文化和旅游深度融合发展。中国诗歌学会为迎接文化和旅游大融合、大发展的全新时代，自 2023 年 3 月 30 日，首个"中国最美诗空间"在北京诞生后，开始发起、策划、设计、创建了"中国最美诗空间"项目，是中国最响亮的诗歌文化品牌。这个为诗人们搭建的文学交流平台，让写诗、读诗，且具有诗意的生活方式逐步被大众所关注，并成为各地的文艺示范基地和网红打卡之地。

茶卡盐湖作为文旅融合的推动者和践行者，其独特的"天空之镜、铁轨沧桑、火车追思、盐雕争雄、盐湖日出、盐湖落日、游船探秘、云中漫步"等自然、人文景观成为大美青海的靓丽名片，同时，作为中国首家绿色食用盐生产基地，这足以具备并契合创建"中国最美诗歌空间"的条件，也必将提升青海地域文化影响力，扩大青海茶卡盐湖知名度，增强广大游客文化体验的获得感和幸福感。为了让更多的诗人走进茶卡盐湖，现场领略其独特的人文景观，以诗为媒，深度挖掘茶卡盐湖丰富的文化元素，开展文学创作活动，为文旅深度融合发展赋能。2023年6月19日，全国20多位知名作家、诗人、书法家和数万名游客齐聚盐湖，中国诗歌学会副秘书长雁西宣布并授牌茶卡盐湖景区为"中国最美诗空间"，与此同时，第三届茶卡盐湖诗会活动正式开启。这一天，对茶卡盐湖景区而言是一个值得纪念的日子。

此次活动由中国诗歌学会、青海省作家协会、青海西矿文化旅游有限公司主办，青海省企业联合会、青海省企业家协会协办，青海茶卡盐湖文化旅游发展股份有限公司承办。"茶卡因诗歌而更美丽，诗歌因茶卡而更纯净"，这是青海省作家协会主席梅卓女士在2017年6月的"诗行茶卡盐湖 歌吟天空之镜"——中国诗人青海茶卡盐湖诗会上的致辞。时隔近六年，诗人们因茶卡和诗歌再次如约而至。

诗行茶卡，共享西部高地美景

近年来，西部矿业集团有限公司积极贯彻落实青海省委省政府、海西州委州政府决策部署，勇担国企社会责任，积极响应旅游市场需求，以产业"四地"建设为牵引，依托"大美青海"富集的文化旅游资源，倾力打造"茶卡盐湖·天空之镜"的多项文化体验活动，让旅游发展和文化建设"宜融则融、能融尽融，以文塑旅、以旅彰文"，线上线下齐发力，立足盐湖的独特优势助力国际生态旅游目的地建设。为不断提升景区知名度，让更多游客感受诗意茶卡的文化底蕴，已开展多项诗歌活动，这是西部矿业集团有限公司加快企业转型升级、提升企业核心竞争力的重要举措，也是拓展文化旅游产业的新起点。

中国诗歌学会党支部书记兼秘书长王山在开幕式上表示，"中国最美诗空间"是中国诗歌学会诗歌文化的精品项目。近年来，茶卡盐湖景区因举办多种形式的诗歌活动而引起社会各界关注，此次授予茶卡盐湖景区为青海省首个"中国最美诗空间"名副其实。

西部矿业集团有限公司党委委员、副总裁陈鼎介绍："此次活动是推进茶卡盐湖景区加快文化发展、促进文旅融合的一件喜事、盛事。茶卡盐湖自然、人文、历史资源得天独厚，有着'诗意茶卡'的美誉，天空之镜以其多姿多彩、震撼人心的旅游资源，被视为'诗歌创作的源泉'。用诗歌描绘中国大青盐的故乡，让天空之镜照亮中国最美诗空间，我们诚挚邀请各位创作者常来茶卡盐湖景区采风创作。"

中国诗歌学会副秘书长、著名诗人雁西说："诗人用诗歌表达着对茶卡盐湖的爱慕，就像天空写给大地的情书一样。这次茶卡盐湖诗会活动形式新颖，既吸引了这么多诗人前来创作，也为游客提供了创作平台，通过不同的角度将茶卡盐湖的美以诗歌的方式呈现了出来。"

青海省作家协会副主席、青海省企业联合会秘书长杨廷成说："今天，美丽的'天空之镜'迎来了诗的使者，让美与诗在此融合。对远道而来的诗人而言，诗与远方也完美地统一在了一起。我们相遇在美景、美诗、美好时机、美好心愿交织搭建的美好的时空里，见证'中国最美诗空间'揭牌，开启第三届茶卡盐湖诗会，这是属于此时此刻最美好的事情。'中国最美诗空间'在茶卡揭牌，第三届茶卡盐湖诗会在此开幕，预示着我们又迎来一个崭新的美好开端。我相信，在这最美好的时光，各位诗人朋友一定会被这片高原多种多样的美所激荡，为天空之镜、为青海高原、为这片生态净土、诗歌高地写下最动人、最深情的诗篇！"

开幕式上，中国作家协会会员、鲁迅文学奖得主车延高，青海省作家协会副主席、原《青海湖》副主编曹有云，中国作家协会会员、中国诗歌学会社会活动部主任马文秀朗诵了精彩诗篇，他们深情的朗诵感染了在场的每一位观众。海西州民族歌舞团为诗人和游客们奉献了精彩的歌舞表演，本土蒙古族歌手来国庆的一首《走进天空之镜》，将现场气氛推向高潮，"走进天空之镜，美丽的茶卡，我看见日月星辰共享一片天涯"，歌声与美景让诗人们感叹，茶卡盐湖的确是诗歌绽放出巨大能量的高地。

说起诗人车延高，20世纪70年代，他在陕西当过喷漆工，随后在青海当兵，80年代转业回武汉，于2010年10月获得第五届鲁迅文学奖。这位阔别青海已久的诗人，在深度体验茶卡盐湖独特的艺术景观后惊叹不已。尽管因轻微的高原反应而彻夜难眠，却在茶卡"碰见了青盐花出世的美"，正是与青海的特殊缘分，他以最快的速度第一个创作完成十多首诗。在他的眼里茶卡犹如梦境，也饱含了对高原的深情厚爱。

开幕式结束后，来自全国各地的诗人们为读者、游客签名赠书，现场创作书法、美术作品，面对面进行交流。下午，在西部矿业集团文旅公司的精心安排下，大家一起走进盐文化馆，探秘盐湖的形成过程，深度了解盐湖特质，近距离观赏盐晶、盐雕摆件，一起参观了现代化制盐及包装工艺。

  青海是中国重要的湖盐产区，占全国湖盐储量的85%，茶卡盐湖的盐储量超4.4亿吨，是中国难得的天然"绿色食用盐宝库"。诗人们乘坐游轮体验了盐湖工业遗风，感受茶卡盐湖盐业开采的沧桑巨变。当看到络绎不绝的游客争相打卡拍照，他们也迫不及待地踏入盐湖腹地，以亲历如行走云端之上的感觉，久久不肯离去。想必在他们心中已经酝酿写给盐湖最深情的诗句。忽然一阵狂风骤雨袭来，乌云压低了天空，平静的盐湖摇身一变成了一幅水墨丹青画卷。日渐黄昏，湖面镀上了金色延伸到天边，一束光穿过深色的云层映射在湖面上，多了一份宁静和神秘。游人渐渐散去，一丝寒意袭来，诗人们却意犹未尽，乘坐小火车返程，那壮丽的盐湖落日、气势恢宏的盐雕、吉祥的佛塔和五色的风马旗等美景在静谧中一览无余。

  诗人们领略过盐湖白天不同的景致，入夜，熊熊篝火燃起，达布逊淖尔民族风情园里马头琴声悠扬，蒙古汉子和姑娘舞蹈翩翩，令诗人和游客们共度一个难忘的诗意之夜，着实让大家体验了当地的少数民族风情，也感受到盐湖的无限魅力。月光下，诗人们无不感叹，茶卡盐湖的存在就像一首诗，同时也激发了诗人们的创作热情。返回酒店，著名书法家、诗人雁西、褚福丹、吴少东、车延高、王桂林等现场挥毫泼墨，专为承办方西部矿业集团创作书画作品至深夜，并向每一位工作人员赠送墨宝，感谢他们对此次采风活动的辛勤付出。

因为热爱，所以追逐诗与远方

"或许再也写不出烂漫的春天／那也要孕育希望的冬天／努力向热情的夏天和痴情的秋天招手／只要你还记得我／那个还在写诗的孩子"，当这位身患渐冻症的80后诗人张晓梦坐着轮椅，出现在第三届茶卡盐湖诗歌节开幕式前的一个小时，盐湖之畔的诗人们均泛起莫名的泪花……

在中国工商银行西宁城西支行，总会看到一个颤颤巍巍走路的员工，他每天早上紧紧抓住楼梯扶手上到五楼的办公室工作，下班后一直到同事们都走完了，再扶着墙壁，倾斜身子，顺着楼梯挪到一楼。有时双手支撑不住就重重摔在台阶上，多少次他从楼梯上摔下来，这令人揪心的场景已经反复上演过8年，每次摔倒，他就会想起张海迪"即使跌倒一百次，也要一百零一次地站起来"的话，以此来鼓励自己。他就是2004年毕业于兰州财经大学法学院的张晓梦，在工行西宁城西支行从事法律顾问、新闻宣传、文秘等工作。他所患的运动神经元疾病，位列世界五大绝症之首。工行青海省分行领导关切地给张晓梦调整了工作岗位，他没有提出任何减轻工作的要求，反而更加专注于文字工作，并多次获得金融系统各类奖项。

2023年6月18日晚，张晓梦完成一切工作，正准备就寝，一张诗友分享的"全国20位著名诗人共赴第三届茶卡盐湖诗会"的海报让他兴奋得再无睡意。可一看时间，开幕式就在第二天早上9点。他懊恼自己关注信息太晚，却按捺不住想要跟随诗人们脚步的念头。若能在本地见到自己仰慕的诗人，是多么幸福的一件事啊。抱着多年来对诗歌的特殊情感，他的这一想法，在最短的时间里得到诗人、青海省作家协会副主席杨廷成的大力支持和无私帮助。欣喜若狂的张晓梦立刻向单位领导请假，几经周折才租到一辆方便携带轮椅的旅游车。凌晨4点，张晓梦和司机披星戴月从西宁出发，踏上近300公里的"诗歌之旅"。在开幕式前一个小时，杨廷成得知他已顺利抵达盐湖，热情地在群里通知所有的诗人迎接这个特殊的嘉宾。中国诗歌学会党支部书记兼秘书长王山亲切地与张晓梦握手并蹲下身，嘘寒问暖，举手投足间散发出的谦和令人肃然起敬。看到这一幕温暖的画面，大家都以同样的方式与张晓梦交流问好，并当场签名赠书，与他合影。著名诗人、中国现代文学馆研究员北塔在送给张晓梦的诗集上写下了"拂晓启程，踏梦而来……"

　　一场诗会，一次相遇，一分收获。在开幕式现场，我问张晓梦，是什么信念让你执意奔赴这场"旅行"，他认真地回答："如果一个人无法决定生命的长度，那就拓宽生命的宽度。"我想，他是因为热爱，所以执着地追逐"诗与远方"。茶卡盐湖诗歌会因他的到来而赋予了另一种温暖的力量，正如诗人车延高代表与会的所有诗人，给他赠送的题词"梦是翅膀"一样，只要热爱，梦的翅膀一定会带我们翱翔在情与景相融的"远方"。

尾　声

  2023年6月21日一早,诗人们走进与茶卡盐湖相邻的莫河骆驼场历史陈列馆,馆长张存虎声情并茂地向大家介绍莫河骆驼场的风雨历程。从生锈的锹镐、珍贵的手绘地图、多次进藏头驼的驼铃、一面用生命和鲜血保护的五星红旗,一起重温了莫河的峥嵘岁月。这种坚韧、不畏艰苦、奋斗向上的"驼工精神"同样在盐湖赓续着红色基因,一代又一代"盐湖人"投身于盐湖建设中,才有了如今茶卡盐湖的蓬勃发展与精彩纷呈。

  此次采风活动在莫河红色教育基地即将画上圆满的句号,"中国最美诗空间"揭牌仪式暨第三届茶卡盐湖诗会也已接近尾声。这是一场开启盐湖文化的探索之旅,诗人们带着满腔的诗意感受了青海茶卡盐湖的大美,而对于每一位为此次活动默默付出的人来说,最好的礼物就是墨香飘溢、诗情飞扬的诗人们,为大美青海的"天空之镜"、为这片生态净土和诗歌高地,再一次书写的最美的诗篇。

  2017年6月,著名诗人舒婷为茶卡盐湖书写了"你在我的航程上,我在你的视线里"的诗句。2023年6月,著名诗人杨森君又在这里写下了"金子虽贵,却买不来茶卡的黄昏;银子虽白,也换不走茶卡的月亮"。这些充满真情的诗句将成为茶卡盐湖最美的铭文。2023年10月,茶卡盐湖被中国国家地理景观评为"100个兴趣必游之地"。2023年12月,茶卡盐湖被青海省文化和旅游厅认定为青海省首批省级生态旅游景区。"中国最美诗空间"之下,这是他们对茶卡盐湖最深情的告白,而我则在赞美茶卡的诗行里,遇到了一个别样的夏天!